陈思和 黄玉峰 主编

少年读中国文学经典

③

现当代小说散文诗歌

四川人民出版社

图书在版编目（CIP）数据

少年读中国文学经典．3，现当代小说散文诗歌 / 陈思和，黄玉峰主编．
—成都：四川人民出版社，2025.6
ISBN 978−7−220−12645−1

Ⅰ．①少… Ⅱ．①陈… ②黄… Ⅲ．①中国文学−古典文学
−文学欣赏−青少年读物 Ⅳ．①I206.2−49

中国版本图书馆 CIP 数据核字（2022）第 090629 号

SHAONIAN DU ZHONGGUO WENXUE JINGDIAN 3：XIANDANGDAI XIAOSHUO SANWEN SHIGE
少年读中国文学经典 3：现当代小说散文诗歌
陈思和　黄玉峰　主编

出 版 人	黄立新
责任编辑	李淑云　朱雯馨
装帧设计	李其飞
责任校对	林　泉
责任印制	周　奇
出版发行	四川人民出版社（成都三色路 238 号）
网　　址	http://www.scpph.com
E-mail	scrmcbs@sina.com
新浪微博	@四川人民出版社
微信公众号	四川人民出版社
发行部业务电话	（028）86361653　86361656
防盗版举报电话	（028）86361661
照　　排	四川胜翔数码印务设计有限公司
印　　刷	成都勤德印务有限公司
成品尺寸	170mm×240mm
印　　张	14.25
字　　数	190 千
版　　次	2025 年 6 月第 1 版
印　　次	2025 年 6 月第 1 次印刷
书　　号	ISBN 978−7−220−12645−1
定　　价	68.00 元

中学生为什么要学习文学？

陈思和

记得很久以前，读过一本书，是关于法国作家雨果的传记，书里面有一句话的意思至今还在我的脑子里盘旋。法国作家雨果从小深受贵族母亲的保皇派思想影响，但其作为共和派军人的父亲却说，男孩在少年时代多受母亲的影响，但成年以后就以父亲的影响为骄傲了。——原话是记不清了，大致的意思是不错的。虽然我现在已经过了花甲之年，但还能时时回忆起当初诵读这句话时的感受，因为它印证了自己在成长历程中曾经有过的类似的经验。

放开去说吧，也许我所要说的意思与雨果所表达的风马牛不相及——我说人的生命，总是在童年时代的母亲的体温、乳汁和柔和的催眠声中一点点成长起来，那时候婴儿刚刚脱离母体不久，本能地亲近母亲的身体，这是一个生命与另一个生命的施恩与感念、呵护与依偎、心灵感动与熟悉记忆的信息交流关系，这不仅仅是最初的生命教育，也是最初的文学教育，通过生命与生命之间的感应、启悟、教育而达到一种浑然提升的境界。然而，到了男孩长大成人，血气方刚，面对社会与人生，充满了迷茫和好奇心的时候，他最需要的是来自父亲的男性的鼓励和智慧，需要激发起面对人生的勇气和能力，需要来自有丰富社会阅历和社会经验的人的精神指导，这是一种来自社会战场上生死搏斗中的战士襟怀和临场发挥。后一种教育是社会的教育、素质的教育以及技能的教育。如果说，母亲用生命唤起你做人的自觉，还是一种与生俱来的能力，那么父亲帮助你成为一个成功的社会人，则是后天的学习所致。这样的教育双全的孩子，一般来说才是健全的孩子。然而在两者之间，前者是更为本质的关爱，后者是更为有用的培养。

也许每位中学生都在经历着这两种教育交替的过程，他们正在迅速长大成人，认识世界，他们的身心极需要父亲式的教育，引导他们赶快成熟起来，进入社会；而母亲的关爱和作用，渐渐地被淡化。——说到这里，读者当然明白了我所说的雨果的故事仅仅是一个比喻。这个比喻针对当下社会的某种教育状况提出了问题，即在社会行业竞争越来越激烈，科学技术越来越发达，功利主义、实用主义潮流导致成功标准越来越单调划一的大趋势下，文学教育究竟承担了何种作用？作为以弘扬本民族的语言文学为宗旨的学科，作为以美育代宗教的人文教育传统的象征，文学，原来无可争辩地占据着民族教育的中心位置。但是在现代的竞争机制下，文学教育越来越被视为那些实用学科的陪衬物，如果不是每年高考坚持将语文作为重要考试科目的话，很可能它在中学教育中的位置会江河日下，惨不忍睹。

中学生走进社会一定是带了自身的教育背景的。在现阶段的社会发展趋势下，各种连接着全球经济的自然科学与实用型的社会科学知识都是比较吸引人们的眼球的，我把这一类专业教育视为父亲式的教育，这是每个青少年都迫切需要的教育；而人文教育、素质教育（在中学里主要是通过文学教育来体现的），是关涉人之为人的理念的灌输和教育，它并不教给学生具体的谋生技能，但它使接受教育者视野更加开阔，心理更加健全，感情更加丰富，对自我的认识更加清晰。我把这样的一种教育称为母亲式的教育，它是更为根本性的教育。虽然，每年从中学毕业的学生中间真正去从事中文专业或者其他人文专业学习的人并不多，但由于这种教育关涉人性的培养，不仅仅以专业育人，因此对每一个不同专业的学生来说，也都是有意义和必要的一种普通教育，换句话说，人文教育应该成为中国高等教育必修的一门基础课程。

中国是个拥有伟大文学传统的国家。在古代，国家意识形态的教育是通过文学媒介传达给接受教育者的，所以中国的文学内涵极为丰富。五四运动以来，西方的新思想新文化传入中国，以“人”为叙事核心的西方文学引起了中国读者的关注，并产生了深远的影响，从此中国的现代文学创作有了强烈的西方文学的精神因子。二十世纪的中国学生大都是在中西方文学名著的传统下接受教育并认识人生的。即使在全球性的日本动漫、电脑游戏、传媒明星泛滥成灾的当下文化生活中，儿童出版物里占有极大优势的读物，仍然是中外文学名著的普及本。因此，中国儿童的学龄前教育和小学阶段教育都不缺乏初步的文学教育，他们的幼小心灵中已经及时播下了爱和美的文学种子，它是会发芽开花的。但问题是目前中学阶段的教育，强势的高考压力和社会竞争意识使中学教育不得不全力以赴来对付考试，而文学审美能力的培养不得不被忽视。这样的话，就像雨果先生所说的，孩子所受的来自父亲的影响就会一天比一天地多起来。这当然是为适应社会竞争而不得不采取的教育策略，但问题在于，是否在父亲式的教育加强了以后，就可以无视或放弃母亲式的人文的教育呢？幸而最近几年全国中学语文新课标已制订并在进行推广，以文学审美能力培养为主要教学目的的教材也正在逐渐尝试。这样的努力，也可以说是重新感受母体温暖的努力吧。在这一点上，雨果可能也是太自信了，也太低估了母亲对孩子的作用吧。

出于这样的需要和理念，我和黄玉峰先生主编了一套中学文学读本（中国文学部分）。这套读本的最初设想是以二十世纪五十年代教育部编订的高中文学教材（四册）为蓝本的，那是一套我至今还认为非常好的文学读本。我们现在的编撰构思依然是以文学史为主要线索。我们的目标是，通过阅读和教学这套文学读本，使中学生大致能了解中国文学的发展变化线索及其审美特点，大致能了解伟大的文学传统如何像一条河流，从远古绵绵不断地流传下来，再从我们这一代的生命中流淌过去。

中学文学教育里必然包含着语文知识的教育，两者并不矛盾。而且优秀文学作品是学习语文知识的最好教材。瑞典著名汉学家、诺贝尔文学奖的评委马悦然先生在复旦大学演讲和开座谈会时，一位从事对外汉语教学的老师向他提问：在教外国人汉语的教材里，是否应该放入优秀的汉语文学作品？马悦然先生迫不及待地高声回答：越早越好！越早越好！马悦然先生长期从事汉语教学，他这么回答实在是出于经验之谈。因此，对于中学的语文教学来说，文学审美能力的培养以至于整个人文教育，都应该是如马先生所说的：越早越好！越早越好！

大量阅读经典，教育回归传统

黄玉峰

传承和创新本不该对立，也没必要刻意区分孰主孰从。

苏东坡说：“博观而约取，厚积而薄发。”博观、约取、厚积就是传承，薄发才是创新。

怀特海说：“在中小学阶段应埋头读书，到大学里，才站起来瞭望。”

严复曰：“非新无以为进，非旧无以为守。”

孔子说得更明白：“温故而知新，可以为师矣。”故即是传统，新就是创新。温故就是了解和学习传统，知新就是创造新的事物。

传承和创新谁也离不开谁。

屠呦呦提炼出青蒿素，她的灵感是从中医典籍中来的，但研究的方法和实验的技术是现代的。

苹果手机、苹果电脑，可以说是时尚。乔布斯有段时间一直在钻研书法，研究字母的线条要怎么排列才漂亮。这些东西和计算机没有任何关系。但十年后，在设计第一台苹果电脑时，他把苹果电脑做成了当时世界上文本排版最精致的电脑，就是靠了传统。

金庸的小说，可以说是时尚。金庸读过很多西方小说，他写小说骨架学的是法国作家大仲马，而血肉却饱含着最最醇正的中国文化，全是章回体，叫人欲罢不能。秘诀何在？就在人文经典的融会贯通。

苟日新，日日新，又日新。没有创新，人类必定会停滞、萎缩。但一切创新都是以传承为基础的。

庄子曰："水之积也不厚，则其负大舟也无力；风之积也不厚，则其负大翼也无力。"没有传承的创新，是无源之水，无本之木。

传承与创新，人文与时尚，道通而为一，并行而不悖。并无主从之分，但有先后之序。

譬如建大厦首先必须打基础。

教育的本质是什么？教育的基础是什么？是前人传递下来的文化，是做人的基本原则。教育教育，教育首先是为了育人！

"古之学者为己，今之学者为人"，"行有余力，则以学文"。

教育的目的是为了养成君子，教育是"成己之学"。这是中国教育的一个优良传统。打下做人的基础，发掘内心的良知，这是教育的最基础的东西。而这一切都应该在中小学阶段完成。

童蒙时期，心智未开，缺乏分析判断能力，但记忆力极强，故最要紧的是大量吸收前人的成果，在此基础上发展创新。于是，基本的教育模式应该是：教师为主导，学生为主体，也就是梅贻琦说的大鱼在前面游，小鱼在后面跟。换言之，就是让学生在教师的指导下，自己读书，读书，读书，再读书！

记忆力需要锻炼，经过锻炼的记忆力，可达到惊人的程度。毫无疑问，分析、判断、创造能力，也需要锻炼，但一定是在积累了大量知识的基础上。

这是最古老、最根本的方法，也是最先进、最时尚的方法。授课最主要的形式应该是最朴素的讲授法。

我们当然要重视创新意识的培养，但在基础教育阶段，对创新精神的培养应该是融入和贯穿在传承积累、涵泳为主的学习中的。我们鼓励学生在学习过程中独立思考，进行课外拓展，这都是在培养创新的种子。但切不可为了追逐创新成果。

基础教育阶段要以传承为主，为了将来的运用，并由博返约，在良好的人文素养基础之上，才有能力实现有质量的研究和创造。否则，所谓创新，会陷入空谈。

有的老师把语文切割成各种知识点，把学语文异化为搞懂这些知识点。当年还有人发明了所谓知识树，仿佛学到了这些知识点，就学好了语文。殊不知，所谓的知识点，并不是语文本身，而是帮助学习语文、理解语文的手段，是非语文，是伪语文，甚至是反语文的。

语文的本质，是通过阅读提高阅读能力、表达能力、思考能力，从而积累语文素材，陶冶性灵，培养气质，绝不是掌握几个知识点，熟练答题的技巧。

法国教育家阿兰说过："怎样学语言？向大作家学，别无他途，向最严密、最丰富、最深刻的语句中去学，而不学那会话课本的平庸语句。"大量地阅读，阅读原著，并且记忆之、运用之，正是学语文最快也是最有效的方法。中国语文教学有优良的传统，“熟读唐诗三百首，不会作诗也会吟”“劳于读书，逸于作文”等，这些记忆，在发挥运用思考中得到不断巩固，这是一个良性的循环。在学与思中，用前人思想的财富陶冶充实自己，让自己成为一个完善的人，最终得到一种生命的幸福感。

目录

少 年 读 中 国 文 学 经 典 3
现 当 代 小 说 散 文 诗 歌

一　现代小说的多种形态

二　散文名篇

三　新诗拾零

一

现代小说的多种形态

XIANDAI XIAOSHUO DE DUOZHONG XINGTAI

1918 年 5 月，《新青年》发表了鲁迅的短篇小说《狂人日记》，这是中国现代文学史上的第一篇白话文小说。这个伟大的开端开启了中国小说的新时代，在现代文学的发展中，小说始终处于中心地位，在不同时期都涌现出许多名篇佳作。

鲁迅的小说是现代小说的开端，同时也是现代小说成熟的标志，所以，要了解新文学，就必须读鲁迅的小说。他的小说影响了一代又一代的中国作家，他开创了乡土小说、知识分子小说两大文学的主要题材，也奠定了现代小说“关注现实、批判现实”的精神基调。在同一时期，中国文坛上也活跃着很多其他类型的小说，可以说，现代小说在诞生时期就表现出多元化的特点，比如，冰心关注“问题青年”的问题小说、郁达夫充满主观抒情色彩的抒情小说、叶圣陶“为人生”的写实小说等，为中国小说开了一个多样化的源头。

到 20 世纪 20 年代末和 30 年代初，小说更是繁荣一时，茅盾、巴金、老舍的长篇小说取得了很高的成就。40 年代，钱锺书、张爱玲等人的作品如一朵朵奇葩，为现代小说增添了别样的韵味。

经过战争、“文化大革命”时期的沉寂，小说在 20 世纪 70 年代末和 80 年代初开始全面复苏，在伤痕文学、反思小说、寻根小说等一次次的文学思潮中，作家们又开始重审历史、民族文化、艺术和生命价值。到了 80 年代中期，先锋小说异军突起，马原、莫言、残雪、余华等小说家尝试着不同的小说形式、语言和风格，给现代小说带来了全新的面貌。

铸剑

鲁　迅

◎ 题解

《铸剑》选自鲁迅历史小说集《故事新编》，写了一个悲壮宏丽而诡奇神秘的复仇故事。据鲁迅辑《古小说钩沉》，眉间尺复仇的传说在《列异传》和《搜神记》中都有记载。

一

眉间尺刚和他的母亲睡下，老鼠便出来咬锅盖，使他听得发烦。他轻轻地叱了几声，最初还有些效验，后来是简直不理他了，咯吱咯吱地径自咬。他又不敢大声赶，怕惊醒了白天做得劳乏，晚上一躺就睡着了的母亲。

许多时光之后，平静了，他也想睡去。忽然，扑通一声，惊得他又睁开眼。同时听到沙沙的响，是爪子抓着瓦器的声音。

“好！该死！”他想着，心里非常高兴，一面就轻轻地坐起来。

他跨下床，借着月光走向门背后，摸到钻火家伙，点上松明，向水瓮里一照。果然，一匹很大的老鼠落在那里面了；但是，存水已经不多，爬不出来，只沿着水瓮内壁，抓着，团团地转圈子。

“活该！”他一想到夜夜咬家具，闹得他不能安稳睡觉的便是它们，很觉得畅快。他将松明插在土墙的小孔里，赏玩着，然而那圆睁的小眼睛，又使他发生了憎恨，伸手抽出一根芦柴，将它直按到水底去。过了一会，才放手，那老鼠也随着浮了上来，还是抓着瓮壁转圈子。只是抓劲已经没有先前似的有力，眼睛也淹在水里面，单露出一点尖尖的通红的小鼻子，咻咻地急促地喘气。

他近来很有点不大喜欢红鼻子的人。但这回见了这尖尖的小红鼻子，却忽然觉得它可怜了，就又用那芦柴，伸到它的肚下去，老鼠抓着，歇了一回力，便沿着芦干爬了上来。待到他看见全身，——湿淋淋的黑毛，大的肚子，蚯蚓似的尾巴——便又觉得可恨可憎得很，慌忙将芦柴一抖，扑通一声，老鼠又落在水瓮里，他接着就用芦柴在它头上捣了几下，叫它赶快沉下去。

换了六回松明之后，那老鼠已经不能动弹，不过沉浮在水中间，有时还向水面微微一跳。眉间尺又觉得很可怜，随即折断芦柴，好容易将它夹了出来，放在地面上。老鼠先是丝毫不动，后来才有一点呼吸；又许多时，四只脚运动了，一翻身，似乎要站起来逃走。这使眉间尺大吃一惊，不觉提起左脚，一脚踏下去。只听得吱的一声，他蹲下去仔细看时，只见口角上微有鲜血，大概是死掉了。

他又觉得很可怜，仿佛自己作了大恶似的，非常难受。他蹲着，呆看着，站不起来。

“尺儿，你在做什么?”他的母亲已经醒来了，在床上问。

“老鼠……”他慌忙站起，回转身去，却只答了两个字。

“是的，老鼠。这我知道。可是你在做什么？杀它呢，还是在救它?”

他没有回答。松明烧尽了；他默默地立在暗中，渐看见月光的皎洁。

“唉!”他的母亲叹息说，“一交子时，你就是十六岁了，性情还是那样，不冷不热地，一点也不变。看来，你的父亲的仇是没有人报的了。”

他看见他的母亲坐在灰白色的月影中，仿佛身体都在颤动；低微的声音里，含着无限的悲哀，使他冷得毛骨悚然，而一转眼间，又觉得热血在全身中忽然腾沸。

“父亲的仇？父亲有什么仇呢？”他前进几步，惊急地问。

“有的。还要你去报。我早想告诉你的了；只因为你太小，没有说。现在你已经成人了，却还是那样的性情。这教我怎么办呢？你似的性情，能行大事的么？”

“能。说吧，母亲。我要改过……”

“自然。我也只得说。你必须改过……那么，走过来吧。”

他走过去；他的母亲端坐在床上，在暗白的月影里，两眼发出闪闪的光芒。

“听哪！”她严肃地说，“你的父亲原是一个铸剑的名工，天下第一。他的工具，我早已都卖掉了来救了穷了，你已经看不见一点遗迹；但他是一个世上无二的铸剑的名工。二十年前，王妃生下了一块铁，听说是抱了一回铁柱之后受孕的，是一块纯青透明的铁。大王知道是异宝，便决计用来铸一把剑，想用它保国，用它杀敌，用它防身。不幸你的父亲那时偏偏入了选，便将铁捧回家里来，日日夜夜地锻炼，费了整三年的精神，炼成两把剑。

“当最末次开炉的那一日，是怎样地骇人的景象呵！哗啦啦地腾上一道白气的时候，地面也觉得动摇。那白气到天半便变成白云，罩住了这处所，渐渐现出绯红颜色，映得一切都如桃花。我家的漆黑的炉子里，是躺着通红的两把剑。你父亲用井华水慢慢地滴下去，那剑嘶嘶地吼着，慢慢转成青色了。这样地七日七夜，就看不见了剑，仔细看时，却还在炉底里，纯青的，透明的，正像两条冰。

“大欢喜的光彩，便从你父亲的眼睛里四射出来；他取起剑，拂拭着，拂拭着。然而悲惨的皱纹，却也从他的眉头和嘴角出现了。他将那两把剑分装在两个匣子里。

“‘你只要看这几天的景象，就明白无论是谁，都知道剑已炼就的了。’他悄悄地对我说。‘一到明天，我必须去献给大王。但献剑的一天，也就是我命尽的日子。怕我们从此要长别了。’

“‘你……’我很骇异，猜不透他的意思，不知怎么说的好。我只是这样地说：‘你这回有了这么大的功劳……’

“‘唉！你怎么知道呢！’他说。‘大王是向来善于猜疑，又极残忍的。这回我给他炼成了世间无二的剑，他一定要杀掉我，免得我再去给别人炼剑，来和他匹敌，或者超过他。’

“我掉泪了。

“‘你不要悲哀。这是无法逃避的。眼泪绝不能洗掉运命。我可是早已有准备在这里了！’他的眼里忽然发出电火似的光芒，将一个剑匣放在我膝上。‘这是雄剑。’他说。‘你收着。明天，我只将这雌剑献给大王去。倘若我一去竟不回来了呢，那是我一定不再在人间了。你不是怀孕已经五六个月了么？不要悲哀；待生了孩子，好好地抚养。一到成人之后，你便交给他这雄剑，教他砍在大王的颈子上，给我报仇！’”

“那天父亲回来了没有呢？”眉间尺赶紧问。

“没有回来！”她冷静地说。“我四处打听，也杳无消息。后来听得人说，第一个用血来饲你父亲自己炼成的剑的人，就是他自己——你的父亲。还怕他鬼魂作怪，将他的身首分埋在前门和后苑了！”

眉间尺忽然全身都如烧着猛火，自己觉得每一枝毛发上都仿佛闪出火星来。他的双拳，在暗中捏得格格地作响。

他的母亲站起了，揭去床头的木板，下床点了松明，到门背后取过一把锄，交给眉间尺道：“掘下去！”

眉间尺心跳着，但很沉静地一锄一锄轻轻地掘下去。掘出来的都是黄土，约到五尺多深，土色有些不同了，似乎是烂掉的材木。

“看罢！要小心！”他的母亲说。

眉间尺伏在掘开的洞穴旁边，伸手下去，谨慎小心地撮开烂树，待到指尖一冷，有如触着冰雪的时候，那纯青透明的剑也出现了。他看清了剑靶，捏着，提了出来。

窗外的星月和屋里的松明似乎都骤然失了光辉，唯有青光充塞宇内。那剑便溶在这青光中，看去好像一无所有。眉间尺凝神细视，这才仿佛看见长五尺余，却并不见得怎样锋利，剑口反而有些浑圆，正如一片韭叶。

“你从此要改变你的优柔的性情，用这剑报仇去！”他的母亲说。

“我已经改变了我的优柔的性情，要用这剑报仇去！”

“但愿如此。你穿了青衣，背上这剑，衣剑一色，谁也看不分明的。衣服我已经做在这里，明天就上你的路去吧。不要记念我！”她向床后的破衣箱一指，说。

眉间尺取出新衣，试着一穿，长短正很合适。他便重行叠好，裹了剑，放在枕边，沉静地躺下。他觉得自己已经改变了优柔的性情。他决心要并无心事一般，倒头便睡，清晨醒来，毫不改变常态，从容地去寻他不共戴天的仇雠。

但他醒着。他翻来覆去，总想坐起来。他听到他母亲的失望的轻轻的长叹。他听到最初的鸡鸣，他知道已交子时，自己是上了十六岁了。

二

当眉间尺肿着眼眶，头也不回地跨出门外，穿着青衣，背着青剑，迈开大步，径奔城中的时候，东方还没有露出阳光。杉树林的每一片叶尖，都挂着露珠，其中隐藏着夜气。但是，待到走到树林的那一头，露珠里却闪出各样的光辉，渐渐幻成晓色了。远望前面，便依稀看见灰黑色的城墙和雉堞。

和挑葱卖菜的一同混入城里，街市上已经很热闹。男人们一排一排地呆站着；女人们也时时从门里探出头来。她们大半也肿着眼眶，蓬着头，黄黄的脸，连脂粉也来不及涂抹。

眉间尺预觉到将有巨变降临，他们便都是焦躁而忍耐地等候着这巨变的。

他径自向前走，一个孩子突然跑过来，几乎碰着他背上的剑尖，使他吓出了一身汗。转出北方，离王宫不远，人们就挤得密密层层，都伸着脖子。人丛中还有女人和孩子哭嚷的声音。他怕那看不见的雄剑伤了人，不敢挤进去，然而人们却又在背后拥上来。他只得宛转地退避，面前只看见人们的背脊和伸长的脖子。

忽然，前面的人们都陆续跪倒了，远远地有两匹马并着跑过来。此后是拿着木棍、戈、刀、弓弩、旌旗的武人，走得满路黄尘滚滚。又来了一辆四匹马拉的大车，上面坐着一队人，有的打钟击鼓，有的嘴上吹着不知道叫什么名目的劳什子。此后又是车，里面的人都穿画衣，不是老头子，便是矮胖子，个个满脸油汗。接着又是一队拿刀枪剑戟的骑士。跪着的人们便都伏下去了。这时眉间尺正看见一辆黄盖的大车驰来，正中坐着一个画衣的胖子，花白胡子、小脑袋，腰间还依稀看见佩着和他背上一样的青剑。

他不觉全身一冷，但立刻又灼热起来，像是猛火焚烧着。他一面伸手向肩头捏住剑柄，一面提起脚，便从伏着的人们的脖子的空处跨出去。

但他只走得五六步，就跌了一个倒栽葱，因为有人突然捏住了他的一只脚。这一跌又正压在一个干瘪脸的少年身上；他正怕剑尖伤了他，吃惊地起来看的时候，肋下就挨了很重的两拳。他也不暇计较，再望路上，不但黄盖车已经走过，连拥护的骑士也过去了一大阵了。

路旁的人们也都爬起来。干瘪脸的少年却还扭住眉间尺的衣领，不肯放手，说被他压坏了贵重的丹田，必须保险，倘若不到八十岁便死掉了，就得抵命。闲人们又即刻围上来，呆看着，但谁也不开口；后来有人从旁笑骂了几句，却全是附和干瘪脸少年的。眉间尺遇到了这样的敌人，真是怒不得，笑不得，只觉得无聊，却又脱身不得。这样地经过了煮熟一锅小米的时光，眉间尺早已焦躁得浑身发火，看的人却仍不见减，还是津津有味似的。

前面的人圈子动摇了，挤进一个黑色的人来，黑须黑眼睛，瘦得如铁。他并不言语，只向眉间尺冷冷地一笑，一面举手轻轻地一拨干瘪脸少年的下巴，并且看定了他的脸。那少年也向他看了一会，不觉慢慢地松了手，溜走了；那人也就溜走了；看的人们也都无聊地走散。只有几个人还来问眉间尺的年纪，住址，家里可有姊姊。眉间尺都不理他们。

他向南走着，心里想，城市中这么热闹，容易误伤，还不如在南门外等候他回来，给父亲报仇吧，那地方是地旷人稀，实在很便于施展。这时满城都议论着国王的游山、仪仗、威严、自己得见国王的荣耀，以及俯伏得有怎么低，应该采作国民的模范，等等，很像蜜蜂的排衙。直至将近南门，这才渐渐地冷静。

他走出城外，坐在一株大桑树下，取出两个馒头来充了饥；吃着的时候忽然记起母亲来，不觉眼鼻一酸，然而此后倒也没有什么。周围是一步一步地静下去了，他甚至很分明地听到自己的呼吸。

天色愈暗，他也愈不安，尽目力望着前方，毫不见有国王回来的影子。上城卖菜的村人，一个个挑着空担出城回家去了。

人迹绝了许久之后，忽然从城里闪出那一个黑色的人来。

“走吧，眉间尺！国王在捉你了！”他说，声音好像鸱鸮。

眉间尺浑身一颤，中了魔似的，立即跟着他走，后来是飞奔。他站定了喘息许多时，才明白已经到了杉树林边。后面远处有银白的条纹，是月亮已从那边出现；前面却仅有两点磷火一般的那黑色人的眼光。

“你怎么认识我？……”他极其惶骇地问。

“哈哈！我一向认识你。”那人的声音说。“我知道你背着雄剑，要给你的父亲报仇，我也知道你报不成。岂但报不成；今天已经有人告密，你的仇人早从东门还宫，下令捕拿你了。”

眉间尺不觉伤心起来。

“唉，母亲的叹息是无怪的。”他低声说。

“但她只知道一半。她不知道我要给你报仇。”

“你么？你肯给我报仇么，义士？”

“啊，你不要用这称呼来冤枉我。”

“那么，你同情于我们孤儿寡妇？……”

“唉，孩子，你再不要提这些受了污辱的名称。”他严冷地说，“仗义，同情，那些东西，先前曾经干净过，现在却都成了放鬼债的资本。我的心里全没有你所谓的那些。我只不过要给你报仇！”

“好。但你怎么给我报仇呢？”

“只要你给我两件东西。”两粒磷火下的声音说。“哪两件么？你听着：一是你的剑，二是你的头！”

眉间尺虽然觉得奇怪，有些狐疑，却并不吃惊。他一时开不得口。

“你不要疑心我将骗取你的性命和宝贝。”暗中的声音又严冷地说。“这事全由你。你信我，我便去；你不信，我便住。”

“但你为什么给我去报仇的呢？你认识我的父亲么？”

“我一向认识你的父亲，也如一向认识你一样。但我要报仇，却并不为此。聪明的孩子，告诉你吧。你还不知道么，我怎么地善于报仇。你的就是我的，他也就是我。我的魂灵上是有这么多的，人我所加的伤，我已经憎恶了我自己！”

暗中的声音刚刚停止，眉间尺便举手向肩头抽取青色的剑，顺手从后项窝向前一削，头颅坠在地面的青苔上，一面将剑交给黑色人。

“呵呵！”他一手接剑，一手捏着头发，提起眉间尺的头来，对着那热的死掉的嘴唇，接吻两次，并且冷冷地尖利地笑。

笑声即刻散布在杉树林中，深处随着有一群磷火似的眼光闪动，倏忽临近，听到咻咻的饿狼的喘息。第一口撕尽了眉间尺的青衣，第二口便身体全都不见了，血痕也顷刻舔尽，只微微听得咀嚼骨头的声音。

最先头的一匹大狼就向黑色人扑过来。他用青剑一挥，狼头便坠在地面的青苔上。别的狼们第一口撕尽了它的皮，第二口便身体全都不见了，血痕也顷刻舔尽，只微微听得咀嚼骨头的声音。

他已经掣起地上的青衣，包了眉间尺的头和青剑都背在背脊上，回转身，在暗中向王城扬长地走去。

狼们站定了，耸着肩，伸出舌头，咻咻地喘着，放着绿的眼光看他扬长地去。

他在暗中向王城扬长地走去，发出尖利的声音唱着歌：

哈哈爱兮爱乎爱乎！
爱青剑兮一个仇人自屠。
伙颐联翩兮多少一夫。
一夫爱青剑兮呜呼不孤。
头换头兮两个仇人自屠。
一夫则无兮爱乎呜呼！
爱乎呜呼兮呜呼阿呼，

阿呼呜呼兮呜呼呜呼!

三

游山并不能使国王觉得有趣；加上了路上将有刺客的密报，更使他扫兴而还。那夜他很生气，说是连第九个妃子的头发，也没有昨天那样黑得好看了。幸而她撒娇坐在他的御膝上，特别扭了七十多回，这才使龙眉之间的皱纹渐渐地舒展。

午后，国王一起身，就又有些不高兴，待到用过午膳，简直现出怒容来。

“唉唉！无聊!”他打一个大呵欠之后，高声说。

上自王后，下至弄臣，看见这情形，都不觉手足无措。白须老臣的讲道，矮胖侏儒的打诨，王是早已听厌的了；近来便是走索、缘竿、抛丸、倒立、吞刀、吐火等奇妙的把戏，也都看得毫无意味。他常常要发怒，一发怒，便按着青剑，总想寻点小错处，杀掉几个人。

偷空在宫外闲游的两个小宦官，刚刚回来，一看见宫里面大家的愁苦的情形，便知道又是照例的祸事临头了，一个吓得面如土色；一个却像是大有把握一般，不慌不忙，跑到国王的面前，俯伏着，说道：

“奴才刚才访得一个异人，很有异术，可以给大王解闷，因此特来奏闻。”

“什么?!”王说。他的话是一向很短的。

“那是一个黑瘦的，乞丐似的男子。穿一身青衣，背着一个圆圆的青包裹，嘴里唱着胡诌的歌。人问他。他说善于玩把戏，空前绝后，举世无双，人们从来就没有看见过，一见之后，便即解烦释闷，天下太平。但大家要他玩，他却又不肯。说是第一须有一条金龙，第二须有一个金鼎。……”

“金龙？我是的。金鼎？我有。”

“奴才也正是这样想。……”

“传进来！”

话声未绝，四个武士便跟着那小宦官疾趋而出。上自王后，下至弄臣，个个喜形于色。他们都愿意这把戏玩得解愁释闷，天下太平。即使玩不成，这回也有了那乞丐似的黑瘦男子来受祸，他们只要能挨到传了进来的时候就好了。

并不要许多工夫，就望见六个人向金阶趋进。先头是宦官，后面是四个武士，中间夹着一个黑色人。待到近来时，那人的衣服却是青的，须眉头发都黑，瘦得颧骨、眼圈骨、眉棱骨都高高地突出来。他恭敬地跪着俯伏下去时，果然看见背上有一个圆圆的小包袱，青色布，上面还画上一些暗红色的花纹。

“奏来！”王暴躁地说。他见他家伙简单，以为他未必会玩什么好把戏。

“臣名叫宴之敖者，生长汶汶乡。少无职业，晚遇明师，教臣把戏，是一个孩子的头。这把戏一个人玩不起来，必须在金龙之前，摆一个金鼎，注满清水，用兽炭煎熬。于是放下孩子的头去，一到水沸，这头便随波上下，跳舞百端，且发妙音，欢喜歌唱。这歌舞为一人所见，便解愁释闷，为万民所见，便天下太平。”

“玩来！”王大声命令说。

并不要许多工夫，一个煮牛的大金鼎便摆在殿外，注满水，下面堆了兽炭，点起火来。那黑色人站在旁边，见炭火一红，便解下包袱，打开，两手捧出孩子的头来，高高举起。那头是秀眉长眼，皓齿红唇，脸带笑容，头发蓬松，正如青烟一阵。黑色人捧着向四面转了一圈，便伸手擎到鼎上，动着嘴唇说了几句不知什么话，随即将手一松，只听得扑通一声，坠入水中去了。水花同时溅起，足有五尺多高，此后是一切平静。

许多工夫，还无动静。国王首先暴躁起来，接着是王后和妃子，大臣、宦官们也都有些焦急，矮胖的侏儒们则已经开始冷笑了。王一见他们的冷笑，便觉自己受愚，回顾武士，想命令他们就将那欺君的莠民掷入牛鼎里去煮杀。

但同时就听得水沸声，炭火也正旺，映着那黑色人变成红黑，如铁烧到微红。王刚又回过脸来，他也已经伸起两手向天，眼光向着无物，舞蹈着，忽地发出尖利的声音唱起歌来：

哈哈爱兮爱乎爱乎！
爱兮血兮兮谁乎独无。
民萌冥行兮一夫壶卢。
彼用百头颅，千头颅兮用万头颅！
我用一头颅兮而无万夫。
爱一头颅兮血乎鸣呼！
血乎鸣呼兮鸣呼阿呼，
阿呼鸣呼兮鸣呼鸣呼！

随着歌声，水就从鼎口涌起，上尖下广，像一座小山，但自水尖至鼎底，不住地回旋运动。那头即随水上上下下，转着圈子，一面又滴溜溜自己翻筋斗，人们还可以隐约看见他玩得高兴的笑容。过了些时，突然变了逆水的游泳，打旋子夹着穿梭，激得水花向四面飞溅，满庭洒下一阵热雨来。一个侏儒忽然叫了一声，用手摸着自己的鼻子。他不幸被热水烫了一下，又不耐痛，终于免不得出声叫苦了。

黑色人的歌声才停，那头也就在水中央停住，面向王殿，颜色转成端庄。这样的有十余瞬息之久，才慢慢地上下抖动，从抖动加速而为起伏的游泳，但不很快，态度很雍容。绕着水边一高一低地游了三匝，忽然睁大眼睛，漆黑的眼珠显得格外精彩，同时也开口唱起歌来：

王泽流兮浩洋洋，

克服怨敌，怨敌克服兮，赫兮强！

宇宙有穷止兮万寿无疆。

幸我来也兮青其光！

青其光兮永不相忘。

异处异处兮堂哉皇！

堂哉皇哉兮嗳嗳唷，

嗟来归来，嗟来陪来兮青其光！

头忽然升到水的尖端停住，翻了几个筋斗之后，上下升降起来，眼珠向着左右瞥视，十分秀媚，嘴里仍然唱着歌：

阿呼呜呼兮呜呼呜呼，

爱乎呜呼兮呜呼阿呼！

血一头颅兮爱乎呜呼。

我用一头颅兮而无万夫！

彼用百头颅，千头颅……

唱到这里，是沉下去的时候，但不再浮上来了，歌词也不能辨别。涌起的水，也随着歌声的微弱，渐渐低落，像退潮一般，终至鼎口以下，在远处什么也看不见。

“怎了?”等了一会，王不耐烦地问。

“大王，”那黑色人半跪着说，“他正在鼎底里作最神奇的团圆舞，不临近是看不见的。臣也没有法术使他上来，因为作团圆舞必须在鼎底里。”

王站起身，跨下金阶，冒着炎热立在鼎边，探头去看。只见水平如镜，那头仰面躺在水中间，两眼正看着他的脸。待到王的眼光射到他脸上时，他便嫣然一笑。这一笑使王觉得似曾相识，却又一时记不起是谁来。刚在惊疑，黑色人已经掣出了背着的青色的剑，只一挥，闪电般从后项窝直劈下去，扑通一声，王的头就落在鼎里了。

仇人相见，本来格外眼明，况且是相逢狭路。王头刚到水面，眉间尺的头便迎上来，狠命在他耳轮上咬了一口。鼎水即刻沸涌，澎湃有声，两头即在水中死战。约有二十回合，王头受了五个伤，眉间尺的头上却有七处。王又狡猾，总是设法绕到他的敌人的后面去。眉间尺偶一疏忽，终于被他咬住了后项窝，无法转身。这一回王的头可是咬定不放了，他只是连连蚕食进去，连鼎外面也仿佛听到孩子的失声叫痛的声音。

上自王后，下至弄臣，骇得凝结着的神色也应声活动起来，似乎感到暗无天日的悲哀，皮肤上都一粒一粒地起粟；然而又夹着秘密的欢喜，瞪了眼，像是等候着什么似的。

黑色人也仿佛有些惊慌，但是面不改色。他从从容容地伸开那捏着看不见的青剑的臂膊，如一段枯枝；伸长颈子，如在细看鼎底。臂膊忽然一弯，青剑便蓦地从他后面劈下，剑到头落，坠入鼎中，嘭的一声，雪白的水花向着空中同时四射。

他的头一入水，即刻直奔王头，一口咬住了王的鼻子，几乎要咬下来。王忍不住叫一声“阿唷”，将嘴一张，眉间尺的头就乘机挣脱了，一转脸倒将王的下巴下死劲咬住。他们不但都不放，还用全力上下一撕，撕得王头再也合不上嘴。于是他们就如饿鸡啄米一般，一顿乱咬，咬得王头眼歪鼻塌，满脸鳞伤。先前还会在鼎里面四处乱滚，后来只能躺着呻吟，到底是一声不响，只有出气，没有进气了。

黑色人和眉间尺的头也慢慢地住了嘴，离开王头，沿鼎壁游了一匝，看他可是装死还是真死。待到知道了王头确已断气，便四目相视，微微一笑，随即合上眼睛，仰面向天，沉到水底里去了。

四

烟消火灭，水波不兴。特别的寂静倒使殿上殿下的人们警醒。他们中的一个首先叫了一声，大家也立刻迭连惊叫起来；一个迈开腿向金鼎走去，大家便争先恐后地拥上去了。有挤在后面的，只能从人脖子的空隙间向里面窥探。

热气还炙得人脸上发烧。鼎里的水却一平如镜，上面浮着一层油，照出许多人脸孔：王后、王妃、武士、老臣、侏儒、太监……

"啊呀，天哪！咱们大王的头还在里面哪，唉唉唉！"第六个妃子忽然发狂似的哭嚷起来。

上自王后，下至弄臣，也都恍然大悟，仓皇散开，急得手足无措，各自转了四五个圈子。一个最有谋略的老臣独又上前，伸手向鼎边一摸，然而浑身一抖，立刻缩了回来，伸出两个指头，放在口边吹个不住。

大家定了定神，便在殿门外商议打捞办法。约略费去了煮熟三锅小米的工夫，总算得到一种结果：到大厨房去调集了铁丝勺子，命武士协力捞起来。

器具不久就调集了，铁丝勺、漏勺、金盘、擦桌布，都放在鼎旁边。武士们便揎起衣袖，有用铁丝勺的，有用漏勺的，一齐恭行打捞。有勺子相触的声音，有勺子刮着金鼎的声音，水随着勺子的搅动而旋绕着。好一会，一个武士的脸色忽而很端庄了，极小心地两手慢慢举起了勺子，水滴从勺孔中珠子一般漏下，勺里面便显出雪白的头骨来。大家惊叫了一声，他便将头骨倒在金盘里。

“啊呀！我的大王呀！”王后、妃子、老臣，以至太监之类，都放声哭起来。但不久就陆续停止了，因为武士又捞起了一个同样的头骨。

他们泪眼模糊地四顾，只见武士们满脸油汗，还在打捞。此后捞出来的是一团糟的白头发和黑头发，还有几勺很短的东西，似乎是白胡须和黑胡须。此后又是一个头骨。此后是三枝簪。

直到鼎里面只剩下清汤，才始住手，将捞出的物件分盛了三金盘：一盘头骨，一盘须发，一盘簪。

“咱们大王只有一个头。哪一个是咱们大王的呢？”第九个妃子焦急地问。

“是呵……”老臣们都面面相觑。

“如果皮肉没有煮烂，那就容易辨别了。”一个侏儒跪着说。

大家只得平心静气，去细看那头骨，但是黑白大小，都差不多，连那孩子的头，也无从分辨。王后说王的右额上有一个疤，是做太子时候跌伤的，怕骨上也有痕迹。果然，侏儒在一个头骨上发现了。大家正在欢喜的时候，另外的一个侏儒却又在较黄的头骨的右额上看出相仿的瘢痕来。

“我有法子。”第三个王妃得意地说，“咱们大王的龙准是很高的。”

太监们即刻动手研究鼻准骨，有一个确也似乎比较地高，但究竟相差无几，最可惜的是右额上却并无跌伤的瘢痕。

“况且，”老臣们向太监说，“大王的后枕骨是这么尖的么？”

“奴才们向来就没有留心看过大王的后枕骨……”

王后和妃子们也各自回想起来，有的说是尖的，有的说是平的。叫梳头太监来问的时候，却一句话也不说。

当夜便开了一个王公大臣会议，想决定哪一个是王的头，但结果还同白天一样。并且连须发也发生了问题。白的自然是王的，然而因为花白，所以黑的也很难处置。讨论了小半夜，只将几根红色的胡子选出；接着因为第九个王妃抗议，说她确曾看见王有几根通黄的胡子，现在怎么能知道绝没有一根红的呢。于是也只好重行归并，作为疑案了。

到后半夜，还是毫无结果。大家却居然一面打呵欠，一面继续讨论，直到第二次鸡鸣，这才决定了一个最慎重妥善的办法：只能将三个头骨都和王的身体放在金棺里落葬。

七天之后是落葬的日期，合城很热闹。城里的人民，远处的人民，都奔来瞻仰国王的“大出丧”。天一亮，道上已经挤满了男男女女，中间还夹着许多祭桌。待到上午，清道的骑士才缓辔而来。又过了不少工夫，才看见仪仗，什么旌旗、木棍、戈戟、弓弩、黄钺之类，此后是四辆鼓吹车。再后面是黄盖随着路的不平而起伏着，并且渐渐近来了，于是现出灵车，上载金棺，棺里面藏着三个头和一个身体。

百姓都跪下去，祭桌便一列一列地在人丛中出现。几个义民很忠愤，咽着泪，怕那两个大逆不道的逆贼的魂灵，此时也和王一同享受祭礼，然而也无法可施。

此后是王后和许多王妃的车。百姓看她们，她们也看百姓，但哭着。此后是大臣、太监、侏儒等辈，都装着哀戚的颜色。只是百姓已经不看他们，连行列也挤得乱七八糟，不成样子了。

作者信息

鲁迅（1881—1936），原名周树人，字豫才，浙江绍兴人。伟大的文学家、思想家和革命家，新文学运动的奠基者。1918 年首次用“鲁迅”这个笔名发表白话短篇小说《狂人日记》，从此一发而不可收。连续创作了短篇小说集《呐喊》《彷徨》《故事新编》，散文诗《野草》，回忆性散文集《朝花夕拾》等。1926 年，鲁迅离开北京南下，先后在厦门、广州任教。1927 年到上海定居。领导了左翼文艺运动，并从事大量的杂文创作，著有《而已集》《二心集》《三闲集》《且介亭杂文》等。

品 鉴

一个性情优柔的眉间尺，一个行侠仗义的黑色人，还有一个荒淫暴戾的王，这就是鲁迅笔下的“三王冢”。挥舞在三者之间的是一柄光辉充塞宇内的剑，它的光辉源于一种刚毅。

作为一篇优秀的历史小说，《铸剑》的意义更多的是体现复仇主义精神。联系鲁迅所处的时代背景：辛亥革命，二次革命，袁世凯、张勋的先后复辟……不难想象，这些历史事实曾经怎样刺激着鲁迅，激发出他复仇的怒火。当然，他满腔的热血与烈火想铸造的远不止是一柄利剑。

《铸剑》还让人看到了语言这把利剑在锤炼后的巨大威力。鲁迅绝不铺洒华丽的辞藻来润色他的作品，也绝不雕琢细致的情节来讨好他的读者。他往往只是用几个短句、几个朴实的字眼，就让人读出了掷地有声的精彩，这是一种和他骨子里一致的硬朗气概。如“眼泪绝不能洗掉运命”这样的句子。

这样的文字映入眼帘，映出的仿佛是自己也接过了这柄抗争之剑，高举着它的刚毅，顿时，宇内升腾起光明的清辉……

伤逝

鲁 迅

◉ 题 解

《伤逝》选自鲁迅小说集《彷徨》，是鲁迅先生唯一一部以爱情为题材的小说。小说以独特的角度，描写了五四运动时期的新青年涓生与子君冲破封建礼教，追求婚姻自主和个性解放，却最终落得悲剧的过程，深刻地揭示出个性解放和婚姻自主离不开整个社会的解放。

如果我能够，我要写下我的悔恨和悲哀，为子君，为自己。

会馆里的被遗忘在偏僻里的破屋是这样的寂静和空虚。时光过得真快，我爱子君，仗着她逃出这寂静和空虚，已经满一年了。事情又这么不凑巧，我重来时，偏偏空着的又只有这一间屋。依然是这样的破窗，这样的窗外的半枯的槐树和老紫藤，这样的窗前的方桌，这样的败壁，这样的靠壁的板床。深夜中独自躺在床上，就如我未曾和子君同居以前一般，过去一年中的时光全被消灭，全未有过，我并没有曾经从这破屋子搬出，在吉兆胡同创立了满怀希望的小小的家庭。

不但如此。在一年之前，这寂静和空虚是并不这样的，常常含着期待；期待子君的到来。在久待的焦躁中，一听到皮鞋的高底尖触着砖路的清响，是怎样地使我骤然生动起来呵！于是就看见带着笑窝的苍白的圆脸，苍白的瘦的臂膊，布的有条纹的衫子，玄色的裙。她又带了窗外的半枯的槐树的新叶来，使我看见，还有挂在铁似的老干上的一房一房的紫白的藤花。

然而现在呢，只有寂静和空虚依旧，子君却决不再来了。而且永远，永远地！……

子君不在我这破屋里时，我什么也看不见。在百无聊赖中，随手抓过一本书来，科学也好，文学也好，横竖什么都一样；看下去，看下去，忽然自己觉得，已经翻了十多页了，但是毫不记得书上所说的事。只是耳朵却分外的灵，仿佛听到大门外一切往来的履声，从中便有子君的，而且橐橐地逐渐临近，——但是，往往又逐渐渺茫，终于消失在别的步声的杂沓中了。我憎恶那不像子君鞋声的穿布底鞋的长班的儿子，我憎恶那太像子君鞋声的常常穿着新皮鞋的邻院的搽雪花膏的小东西！

莫非她翻了车么？莫非她被电车撞伤了么？……

我便要取了帽子去看她，然而她的胞叔就曾经当面骂过我。

蓦然，她的鞋声近来了，一步响于一步，迎出去时，却已经走过紫藤棚下，脸上带着微笑的酒窝。她在她叔子的家里大约并未受气；我的心宁帖了，默默地相视片时之后，破房里便渐渐充满了我的语声，谈家庭专制，谈打破旧习惯，谈男女平等，谈伊孛生，谈泰戈尔，谈雪莱……她总是微笑点头，两眼里弥漫着稚气的好奇的光泽。壁上就钉着一张铜板的雪莱半身像。是从杂志上裁下来的，是他的最美的一张像。当我指给她看时，她却只草草一看，便低了头，似乎不好意思了。这些地方，子君就大概还未脱尽旧思想的束缚，——我后来也想，倒不如换一张雪莱淹死在大海里的纪念像或是伊孛生的吧；但也终于没有换，现在是连这一张也不知哪里去了。

“我是我自己的，他们谁也没有干涉我的权利！”

这是我们交际了半年，又谈起她在这里的胞叔和在家的父亲时，她默想了一会之后，分明地、坚决地、沉静地说了出来的话。其时是我已经说尽了我的意见，我的身世，我的缺点，很少隐瞒；她也完全了解的了。这几句话很震动了我的灵魂，此后许多天还在耳中发响，而且说不出的狂喜，知道中国女性，并不如厌世家所说那样的无法可施，在不远的将来，便要看见辉煌的曙色的。

送她出门，照例是相离十多步远；照例是那鲇鱼须的老东西的脸又紧贴在脏的窗玻璃上了，连鼻尖都挤成一个小平面；到外院，照例又是明晃晃的玻璃窗里的那小东西的脸，加厚的雪花膏。她目不斜视地骄傲地走了，没有看见；我骄傲地回来。

“我是我自己的，他们谁也没有干涉我的权利！”这彻底的思想就在她的脑里，比我还透澈、坚强得多。半瓶雪花膏和鼻尖的小平面，于她能算什么东西呢？

我已经记不清那时怎样地将我的纯真热烈的爱表示给她。岂但现在，那时的事后便已模糊，夜间回想，早只剩了一些断片了；同居以后一两月，便连这些断片也化作无可追踪的梦影。我只记得那时以前的十几天，曾经很仔细地研究过表示的态度，排列过措辞的先后，以及倘或遭了拒绝以后的情形。可是临时似乎都无用，在慌张中，身不由己地竟用了在电影上见过的方法了。后来一想到，就使我很愧恧，但在记忆上却偏只有这一点永远留遗，至今还如暗室的孤灯一般，照见我含泪握着她的手，一条腿跪了下去……

不但我自己的，便是子君的言语举动，我那时就没有看得分明；仅知道她已经允许我了。但也还仿佛记得她脸色变成青白，后来又渐渐转作绯红，——没有见过，也没有再见的绯红；孩子似的眼里射出悲喜，但是夹着惊疑的光，虽然力避我的视线，张皇地似乎要破窗飞去。然而我知道她已经允许我了，没有知道她怎样说或是没有说。

她却是什么都记得：我的言辞，竟至于读熟了的一般，能够滔滔背诵；我的举动，就如有一张我所看不见的影片挂在眼下，叙述得如生，很细微，自然连那使我不愿再想的浅薄的电影的一闪。夜阑人静，是相对温习的时候了，我常是被质问，被考验，并且被命复述当时的言语，然而常须由她补足，由她纠正，像一个丁等的学生。

这温习后来也渐渐稀疏起来。但我只要看见她两眼注视空中，出神似的凝想着，于是神色越加柔和，笑窝也深下去，便知道她又在自修旧课了，只是我很怕她看到我那可笑的电影的一闪。但我又知道，她一定要看见，而且也非看不可的。

然而她并不觉得可笑，即使我自己以为可笑，甚而至于可鄙的，她也毫不以为可笑。这事我知道得很清楚，因为她爱我，是这样的热烈，这样的纯真。

去年的暮春是最为幸福，也是最为忙碌的时光。我的心平静下去了，但又有别一部分和身体一同忙碌起来。我们这时才在路上同行，也到过几回公园，最多的是寻住所。我觉得在路上时时遇到探索、讥笑、猥亵和轻蔑的眼光，一不小心，便使我的全身有些瑟缩，只得即刻提起我的骄傲和反抗来支持。她却是大无畏的，对于这些全不关心，只是镇静地缓缓前行，坦然如入无人之境。

寻住所实在不是容易事，大半是被托辞拒绝，小半是我们以为不相宜。起先我们选择得很苛酷，——也非苛酷，因为看去大抵不像是我们的安身之所；后来，便只要他们能相容了。看了二十多处，这才得到可以暂且敷衍的处所，是吉兆胡同一所小屋里的两间南屋；主人是一个小官，然而倒是明白人，自住着正屋和厢房。他只有夫人和一个不到周岁的女孩子，雇一个乡下的女工，只要孩子不啼哭，是极其安闲幽静的。

我们的家具很简单，但已经用去了我的筹来的款子的大半；子君还卖掉了她唯一的金戒指和耳环。我拦阻她，还是定要卖，我也就不再坚持下去了；我知道不给她加入一点股份去，她是住不舒服的。

和她的叔子，她早经闹开，至于使他气愤到不再认她做侄女；我也陆续和几个自以为忠告，其实是替我胆怯，或者竟是嫉妒的朋友绝了交。然而这倒很清静。每日办公散后，虽然已近黄昏，车夫又一定走得这样慢，但究竟还有二人相对的时候。我们先是沉默地相视，接着是放怀而亲密地交谈，后来又是沉默。大家低头沉思着，却并未想着什么事。我也渐渐清醒地读遍了她的身体，她的灵魂，不过三星期，我似乎于她已经更加了解，揭去许多先前以为了解而现在看来却是隔膜，即所谓真的隔膜了。

子君也逐日活泼起来。但她并不爱花，我在庙会时买来的两盆小草花，四天不浇，枯死在壁角了，我又没有照顾一切的闲暇。然而她爱动物，也许是从官太太那里传染的吧，不一月，我们的眷属便骤然加得很多，四只小油鸡，在小院子里和房主人的十多只在一同走。但她们却认识鸡的相貌，各知道哪一只是自家的。还有一只花白的叭儿狗，从庙会买来，记得似乎原有名字，子君却给它另起了一个，叫作阿随。我就叫它阿随，但我不喜欢这名字。

这是真的，爱情必须时时更新，生长，创造。我和子君说起这，她也领会地点点头。

唉唉，那是怎样的宁静而幸福的夜呵！

安宁和幸福是要凝固的，永久是这样的安宁和幸福。我们在会馆里时，还偶有议论的冲突和意思的误会，自从到吉兆胡同以来，连这一点也没有了；我们只在灯下对坐的怀旧谭中，回味那时冲突以后的和解的重生一般的乐趣。

子君竟胖了起来，脸色也红活了；可惜的是忙。管了家务便连谈天的工夫也没有，何况读书和散步。我们常说，我们总还得雇一个女工。

这就使我也一样的不快活，傍晚回来，常见她包藏着不快活的颜色，尤其使我不乐的是她要装作勉强的笑容。幸而探听出来了，也还是和那小官太太的暗斗，导火线便是两家的小油鸡。但又何必硬不告诉我呢？人总该有一个独立的家庭。这样的处所，是不能居住的。

我的路也铸定了，每星期中的六天，是由家到局，又由局到家。在局里便坐在办公桌前抄，抄，抄些公文和信件；在家里是和她相对或帮她生白炉子、煮饭、蒸馒头。我学会了煮饭，就在这时候。

但我的食品却比在会馆里时好得多了。做菜虽不是子君的特长，然而她于此却倾注着全力；对于她的日夜的操心，使我也不能不一同操心，来算作分甘共苦。况且她又这样地终日汗流满面，短发都粘在脑额上；两只手又只是这样地粗糙起来。

况且还要饲阿随，饲油鸡，……都是非她不可的工作。

我曾经忠告她：我不吃，倒也罢了；却万不可这样地操劳。她只看了我一眼，不开口。神色却似乎有点凄然；我也只好不开口。然而她还是这样地操劳。

我所预期的打击果然到来。双十节的前一晚，我呆坐着，她在洗碗。听到打门声，我去开门时，是局里的信差，交给我一张油印的纸条。我就有些料到了，到灯下去一看，果然，印着的就是：

奉

局长谕史涓生着毋庸到局办事

秘书处启　十月九号

这在会馆里时，我就早已料到了；那雪花膏便是局长的儿子的赌友，一定要去添些谣言，设法报告的。到现在才发生效验，已经要算是很晚的了。其实这在我不能算是一个打击，因为我早就决定，可以给别人去抄写，或者教读，或者虽然费力，也还可以译点书，况且《自由之友》的总编辑便是见过几次的熟人，两月前还通过信。但我的心却跳跃着。那么一个无畏的子君也变了色，尤其使我痛心；她近来似乎也较为怯弱了。

"那算什么。哼，我们干新的。我们……"她说。

她的话没有说完；不知怎地，那声音在我听去却只是浮浮的；灯光也觉得格外黯淡。人们真是可笑的动物，一点极微末的小事情，便会受着很深的影响。我们先是默默地相视，逐渐商量起来，终于决定将现有的钱竭力节省，一面登"小广告"去寻求抄写和教读，一面写信给《自由之友》的总编辑，说明我目下的遭遇，请他收用我的译本，给我帮一点艰辛时候的忙。

"说做，就做吧！来开一条新的路！"

我立刻转身向了书案，推开盛香油的瓶子和醋碟，子君便送过那黯淡的灯来。我先拟广告；其次是选定可译的书，迁移以来未曾翻阅过，每本的头上都满漫着灰尘了；最后才写信。

我很费踌躇，不知道怎样措辞好，当停笔凝思的时候，转眼去一瞥她的脸，在昏暗的灯光下，又很见得凄然。我真不料这样微细的小事情，竟会给坚决的、无畏的子君以这么显著的变化。她近来实在变得很怯弱了，但也并不是今夜才开始的。我的心因此更加缭乱，忽然有安宁的生活的影像——会馆里的破屋的寂静，在眼前一闪，刚刚想定睛凝视，却又看见了昏暗的灯光。

许久之后，信也写成了，是一封颇长的信；很觉得疲劳，仿佛近来自己也较为怯弱了。于是我们决定，广告和发信，就在明日一同实行。大家不约而同地伸直了腰肢，在无言中，似乎又都感到彼此的坚忍倔强的精神，还看见重新萌芽起来的将来的希望。

外来的打击其实倒是振作了我们的新精神。局里的生活，原如鸟贩子手里的禽鸟一般，仅有一点小米维系残生，决不会肥胖；日子一久，只落得麻痹了翅子，即使放出笼外，早已不能奋飞。现在总算脱出这牢笼了，我从此要在新的开阔的天空中翱翔，趁我还未忘却了我的翅子的扇动。

小广告是一时自然不会发生效力的；但译书也不是容易事，先前看过，以为已经懂得的，一动手，却疑难百出了，进行得很慢。然而我决计努力地做，一本半新的字典，不到半月，边上便有了一大片乌黑的指痕，这就证明着我的工作的切实。《自由之友》的总编辑曾经说过，他的刊物是决不会埋没好稿子的。

可惜的是我没有一间静室，子君又没有先前那样幽静、善于体贴了，屋子里总是散乱着碗碟，弥漫着煤烟，使人不能安心做事，但是这自然还只能怨我自己无力置一间书斋。然而又加以阿随，加以油鸡们。加以油鸡们又大起来了，更容易成为两家争吵的引线。

加以每日的“川流不息”的吃饭；子君的功业，仿佛就完全建立在这吃饭中。吃了筹钱，筹来吃饭，还要喂阿随，饲油鸡；她似乎将先前所知道的全都忘掉了，也不想到我的构思就常常为了这催促吃饭而打断。即使在坐中给看一点怒色，她总是不改变，仍然毫无感触似的大嚼起来。

使她明白了我的工作不能受规定的吃饭的束缚，就费去五星期。她明白之后，大约很不高兴吧，可是没有说。我的工作果然从此较为迅速地进行，不久就共译了五万言，只要润色一回，便可以和做好的两篇小品，一同寄给《自由之友》去。只是吃饭却依然给我苦恼。菜冷，是无妨的，然而竟不够；有时连饭也不够，虽然我因为终日坐在家里用脑，饭量已经比先前要减少得多。这是先去喂了阿随了，有时还并那近来连自己也轻易不吃的羊肉。她说，阿随实在瘦得太可怜，房东太太还因此嗤笑我们了，她受不住这样的奚落。

于是吃我残饭的便只有油鸡们。这是我积久才看出来的，但同时也如赫胥黎的论定“人类在宇宙间的位置”一般，自觉了我在这里的位置：不过是叭儿狗和油鸡之间。

后来，经多次的抗争和催逼，油鸡们也逐渐成为肴馔，我们和阿随都享用了十多日的鲜肥；可是其实都很瘦，因为它们早已每日只能得到几粒高粱了。从此便清静得多。只有子君很颓唐，似乎常觉得凄苦和无聊，至于不大愿意开口。我想，人是多么容易改变呵！

但是阿随也将留不住了。我们已经不能再希望从什么地方会有来信，子君也早没有一点食物可以引它打拱或直立起来。冬季又逼近得这么快，火炉就要成为很大的问题；它的食量，在我们其实早是一个极易觉得的很重的负担。于是连它也留不住了。

倘使插了草标到庙市去出卖，也许能得几文钱吧，然而我们都不能，也不愿这样做。终于是用包袱蒙着头，由我带到西郊去放掉了，还要追上来，便推在一个并不很深的土坑里。

我一回寓，觉得又清静得多了；但子君的凄惨的神色，却使我很吃惊。那是没有见过的神色，自然是为阿随。但又何至于此呢？我还没有说起推在土坑里的事。

到夜间，在她的凄惨的神色中，加上冰冷的分子了。

“奇怪。——子君，你怎么今天这样儿了？”我忍不住问。

“什么？”她连看也不看我。

“你的脸色……”

“没有什么，——什么也没有。”

我终于从她言动上看出，她大概已经认定我是一个忍心的人。其实，我一个人，是容易生活的，虽然因为骄傲，向来不与世交来往，迁居以后，也疏远了所有旧识的人，然而只要能远走高飞，生路还宽广得很。现在忍受着这生活压迫的苦痛，大半倒是为她，便是放掉阿随，也何尝不如此。但子君的识见却似乎只是浅薄起来，竟至于连这一点也想不到了。

我拣了一个机会，将这些道理暗示她；她领会似的点头。然而看她后来的情形，她是没有懂，或者是并不相信的。

天气的冷和神情的冷，逼迫我不能在家庭中安身。但是，往哪里去呢？大道上，公园里，虽然没有冰冷的神情，冷风究竟也刺得人皮肤欲裂。我终于在通俗图书馆里觅得了我的天堂。

那里无须买票；阅书室里又装着两个铁火炉。纵使不过是烧着不死不活的煤的火炉，但单是看见装着它，精神上也就总觉得有些温暖。书却无可看：旧的陈腐，新的是几乎没有的。

好在我到那里去也并非为看书。另外时常还有几个人，多则十余人，都是单薄衣裳，正如我，各人看各人的书，作为取暖的口实。这于我尤为合式。道路上容易遇见熟人，得到轻蔑的一瞥，但此地却绝无那样的横祸，因为他们是永远围在别的铁炉旁，或者靠在自家的白炉边的。

那里虽然没有书给我看，却还有安闲容得我享。待到孤身枯坐，回忆从前，这才觉得大半年来，只为了爱，——盲目的爱，——而将别的人生的要义全盘疏忽了。第一，便是生活。人必生活着，爱才有所附丽。世界上并非没有为了奋斗者而开的活路；我也还未忘却翅子的扇动，虽然比先前已经颓唐得多……

屋子和读者渐渐消失了，我看见怒涛中的渔夫，战壕中的兵士，摩托车中的贵人，洋场上的投机家，深山密林中的豪杰，讲台上的教授，昏夜的运动者和深夜的偷儿……子君，——不在近旁。她的勇气都失掉了，只为着阿随悲愤，为着做饭出神；然而奇怪的是倒也并不怎样瘦损……

冷了起来，火炉里的不死不活的几片硬煤，也终于烧尽了，已是闭馆的时候。又须回到吉兆胡同，领略冰冷的颜色去了。近来也间或遇到温暖的神情，但这却反而增加我的苦痛。记得有一夜，子君的眼里忽而又发出久已不见的稚气的光来，笑着和我谈到还在会馆时候的情形，时时又很带些恐怖的神色。我知道我近来的超过她的冷漠，已经引起她的忧疑来，只得也勉力谈笑，想给她一点慰藉。然而我的笑貌一上脸，我的话一出口，却即刻变为空虚，这空虚又即刻发生反响，回响在我的耳目里，给我一个难堪的恶毒的冷嘲。

子君似乎也觉得的，从此便失掉了她往常的麻木似的镇静，虽然竭力掩饰，总还是时时露出忧疑的神色来，但对我却温和得多了。

我要明告她，但我还没有敢，当决心要说的时候，看见她孩子一般的眼色，就使我只得暂且改作勉强的欢容。但是这又即刻来冷嘲我，并使我失却那冷漠的镇静。

她从此又开始了往事的温习和新的考验，逼我做出许多虚伪的温存的答案来，将温存示给她，虚伪的草稿便写在自己的心上。我的心渐被这些草稿填满了，常觉得难于呼吸。我在苦恼中常常想，说真实自然须有极大的勇气的；假如没有这勇气，而苟安于虚伪，那也便是不能开辟新的生路的人。不独不是这个，连这人也未尝有！

子君有怨色，在早晨，极冷的早晨，这是从未见过的，但也许是从我看来的怨色。我那时冷冷地气愤和暗笑了；她所磨炼的思想和豁达无畏的言论，到底也还是一个空虚，而对于这空虚却并未自觉。她早已什么书也不看，已不知道人的生活的第一着是求生，向着这求生的道路，是必须携手同行，或奋身孤往的了，倘使只知道搥着一个人的衣角，那便是虽战士也难于战斗，只得一同灭亡。

我觉得新的希望就只在我们的分离；她应该决然舍去，——我也突然想到她的死，然而立刻自责、忏悔了。幸而是早晨，时间正多，我可以说我的真实。我们的新的道路的开辟，便在这一遭。

我和她闲谈，故意地引起我们的往事，提到文艺，于是涉及外国的文人，文人的作品：《诺拉》《海的女人》。称扬诺拉的果决……也还是去年在会馆的破屋里讲过的那些话，但现在已经变成空虚，从我的嘴传入自己的耳中，时时疑心有一个隐形的坏孩子，在背后恶意地刻毒地学舌。

她还是点头答应着倾听，后来沉默了。我也就断续地说完了我的话，连余音都消失在虚空中了。

“是的。”她又沉默了一会，说，“但是……涓生，我觉得你近来很两样了。可是的？你，——你老实告诉我。”

我觉得这似乎给了我当头一击，但也立即定了神，说出我的意见和主张来：新的路的开辟，新的生活的再造，为的是免得一同灭亡。

临末，我用了十分的决心，加上这几句话：

“……况且你已经可以无须顾虑，勇往直前了。你要我老实说；是的，人是不该虚伪的。我老实说吧：因为，因为我已经不爱你了！但这于你倒好得多，因为你更可以毫无挂念地做事……”

我同时预期着大的变故的到来，然而只有沉默。她脸色陡然变成灰黄，死了似的；瞬间便又苏生，眼里也发了稚气的闪闪的光泽。这眼光射向四处，正如孩子在饥渴中寻求着慈爱的母亲，但只在空中寻求，恐怖地回避着我的眼。

我不能看下去了，幸而是早晨，我冒着寒风径奔通俗图书馆。

在那里看见《自由之友》，我的小品文都登出了。这使我一惊，仿佛得了一点生气。我想，生活的路还很多，——但是，现在这样也还是不行的。

我开始去访问久已不相闻问的熟人，但这也不过一两次；他们的屋子自然是暖和的，我在骨髓中却觉得寒冽。夜间，便蜷伏在比冰还冷的冷屋中。

冰的针刺着我的灵魂，使我永远苦于麻木的疼痛。生活的路还很多，我也还没有忘却翅子的扇动，我想。——我突然想到她的死，然而立刻自责、忏悔了。

在通俗图书馆里往往瞥见一闪的光明，新的生路横在前面。她勇猛地觉悟了，毅然走出这冰冷的家，而且，——毫无怨恨的神色。我便轻如行云，漂浮空际，上有蔚蓝的天，下是深山大海，广厦高楼，战场，摩托车，洋场，公馆，晴明的闹市，黑暗的夜……

而且，真的，我预感得这新生面便要来到了。

我们总算度过了极难忍受的冬天，这北京的冬天；就如蜻蜓落在恶作剧的坏孩子的手里一般，被系着细线，尽情玩弄、虐待，虽然幸而没有送掉性命，结果也还是躺在地上，只争着一个迟早之间。

写给《自由之友》的总编辑已经有三封信，这才得到回信，信封里只有两张书券：两角的和三角的。我却单是催，就用了九分的邮票，一天的饥饿，又都白挨给于已一无所得的空虚了。

然而觉得要来的事，却终于来到了。

这是冬春之交的事，风已没有这么冷，我也更久地在外面徘徊；待到回家，大概已经昏黑。就在这样一个昏黑的晚上，我照常没精打采地回来，一看见寓所的门，也照常更加丧气，使脚步放得更缓。但终于走进自己的屋子里了，没有灯火；摸火柴点起来时，是异样的寂寞和空虚！

正在错愕中，官太太便到窗外来叫我出去。

“今天子君的父亲来到这里，将她接回去了。”她很简单地说。

这似乎又不是意料中的事，我便如脑后受了一击，无言地站着。

“她去了么？”过了些时，我只问出这样一句话。

“她去了。”

“她，——她可说什么？”

“没说什么。单是托我见你回来时告诉你，说她去了。”

我不信；但是屋子里是异样的寂寞和空虚。我遍看各处，寻觅子君；只见几件破旧而黯淡的家具，都显得极其清疏，在证明着它们毫无隐匿一人一物的能力。我转念寻信或她留下的字迹，也没有；只是盐和干辣椒、面粉、半株白菜，却聚集在一处了，旁边还有几十枚铜圆。这是我们两人生活材料的全副，现在她就郑重地将这留给我一个人，在不言中，教我借此去维持较久的生活。

我似乎被周围所排挤，奔到院子中间，有昏黑在我的周围；正屋的纸窗上映出明亮的灯光，他们正在逗着孩子玩笑。我的心也沉静下来，觉得在沉重的迫压中，渐渐隐约地现出脱走的路径：深山大泽，洋场，电灯下的盛筵，壕沟，最黑最黑的深夜，利刃的一击，毫无声响的脚步……

心底有些轻松，舒展了，想到旅费，并且嘘一口气。

躺着，在合着的眼前经过的预想的前途，不到半夜已经现尽；暗中忽然仿佛看见一堆食物，这之后，便浮出一个子君的灰黄的脸来，睁了孩子气的眼睛，恳托似的看着我。我一定神，什么也没有了。

但我的心却又觉得沉重。我为什么偏不忍耐几天，要这样急急地告诉她真话的呢？现在她知道，她以后所有的只是她父亲——儿女的债主——的烈日一般的严威和旁人的赛过冰霜的冷眼。此外便是虚空。负着虚空的重担，在严威和冷眼中走着所谓人生的路，这是怎么可怕的事呵！而况这路的尽头，又不过是——连墓碑也没有的坟墓。

我不应该将真实说给子君，我们相爱过，我应该永久奉献她我的谎语。如果真实可以宝贵，这在子君就不该是一个沉重的空虚。谎语当然也是一个空虚，然而临末，至多也不过这样的沉重。

我以为将真实说给子君，她便可以毫无顾虑、坚决地毅然前行，一如我们将要同居时那样。但这恐怕是我错误了。她当时的勇敢和无畏是因为爱。

我没有负着虚伪的重担的勇气，却将真实的重担卸给她了。她爱我之后，就要负了这重担，在严威和冷眼中走着所谓人生的路。

我想到她的死……我看见我是一个卑怯者，应该被摈于强有力的人们，无论是真实者、虚伪者。然而她却自始至终，还希望我维持较久的生活……

我要离开吉兆胡同，在这里是异样的空虚和寂寞。我想，只要离开这里，子君便如还在我的身边；至少，也如还在城中，有一天，将要出乎意表地访我，像住在会馆时候似的。

然而一切请托和书信，都是一无反响；我不得已，只好访问一个久不问候的世交去了。他是我伯父的幼年的同窗，以正经出名的拔贡，寓京很久，交游也广阔的。

大概因为衣服的破旧吧，一登门便很遭门房的白眼。好容易才相见，也还相识，但是很冷落。我们的往事，他全都知道了。

“自然，你也不能在这里了，”他听了我托他在别处觅事之后，冷冷地说，“但哪里去呢？很难。——你那，什么呢，你的朋友吧，子君，你可知道，她死了。”

我惊得没有话。

“真的？”我终于不自觉地问。

“哈哈。自然真的。我家的王升的家，就和她家同村。”

“但是，——不知道是怎么死的？”

“谁知道呢。总之是死了就是了。”

我已经忘却了怎样辞别他，回到自己的寓所。我知道他是不说谎话的；子君总不会再来的了，像去年那样。她虽是想在严威和冷眼中负着虚空的重担来走所谓人生的路，也已经不能。她的命运，已经决定她在我所给予的真实——无爱的人间死灭了！

自然，我不能在这里了；但是，“哪里去呢？”

四围是广大的空虚，还有死的寂静。死于无爱的人们的眼前的黑暗，我仿佛一一看见，还听得一切苦闷和绝望的挣扎的声音。

我还期待着新的东西到来，无名的、意外的。但一天一天，无非是死的寂静。

我比先前已经不大出门，只坐卧在广大的空虚里，一任这死的寂静侵蚀着我的灵魂。死的寂静有时也自己战栗，自己退藏，于是在这绝续之交，便闪出无名的、意外的、新的期待。

一天是阴沉的上午，太阳还不能从云里面挣扎出来，连空气都疲乏着。耳中听到细碎的步声和咻咻的鼻息，使我睁开眼。大致一看，屋子里还是空虚；但偶然看到地面，却盘旋着一匹小小的动物，瘦弱的、半死的、满身灰土的……

我一细看，我的心就一停，接着便直跳起来。

那是阿随。它回来了。

我离开吉兆胡同，也不单是为了房主人们和他家女工的冷眼，大半就为着这阿随。但是，“哪里去呢？”新的生路自然还很多，我约略知道，也间或依稀看见，觉得就在我面前，然而我还没有知道跨进那里去的第一步的方法。

经过许多回的思量和比较，也还只有会馆是还能相容的地方。依然是这样的破屋，这样的板床，这样的半枯的槐树和紫藤，但那时使我希望、欢欣、爱、生活的，却全都逝去了，只有一个虚空，我用真实去换来的虚空存在。

新的生路还很多，我必须跨进去，因为我还活着。但我还不知道怎样跨出那第一步。有时，仿佛看见那生路就像一条灰白的长蛇，自己蜿蜒地向我奔来，我等着，等着，看着临近，但忽然便消失在黑暗里了。

初春的夜，还是那么长。长久的枯坐中记起上午在街头所见的葬式，前面是纸人纸马，后面是唱歌一般的哭声。我现在已经知道他们的聪明了，这是多么轻松简洁的事。

然而子君的葬式却又在我的眼前，是独自负着虚空的重担，在灰白的长路上前行，而又即刻消失在周围的严威和冷眼里了。

我愿意真有所谓鬼魂，真有所谓地狱，那么，即使在孽风怒吼之中，我也将寻觅子君，当面说出我的悔恨和悲哀，祈求她的饶恕；否则，地狱的毒焰将围绕我，猛烈地烧尽我的悔恨和悲哀。

我将在孽风和毒焰中拥抱子君，乞她宽容，或者使她快意……

但是，这却更虚空于新的生路；现在所有的只是初春的夜，竟还是那么长。我活着，我总得向着新的生路跨出去，那第一步——却不过是写下我的悔恨和悲哀，为子君，为自己。

我仍然只有唱歌一般的哭声，给子君送葬，葬在遗忘中。

我要遗忘；我为自己，并且要不再想到这用了遗忘给子君送葬。

我要向着新的生路跨进第一步去，我要将真实深深地藏在心的创伤中，默默地前行，用遗忘和说谎做我的前导……

一九二五年十月二十一日毕

品 鉴

小说采取“涓生手记”的形式，讲述了主人公涓生和子君冲破封建势力的重重阻碍，追求婚姻自主建立起了一个温馨的家庭，但不久感情破裂，最终以一“伤”一“逝”结局的故事。涓生和子君的爱情悲剧反映了个性解放和爱情自由必须与人生理想和社会解放结合起来。

这篇小说语言凝练优美，富有诗的情韵，具有浓郁的抒情色彩，寓意深刻，发人深省。苏联著名作家法捷耶夫评价：“如果说在《阿Q正传》中，鲁迅是一个表面上好像是无情地叙述事件的叙事作家，那么在《伤逝》中，他就是一个触动心弦的深刻的抒情的作家。”

断魂枪

老　舍

◉ 题　解

《断魂枪》写于1935年秋天。老舍在济南齐鲁大学任教期间，由于忙于教学和写作，影响了身体健康。经朋友介绍，他跟随济南一著名拳师练习拳术，这激发了他创作武侠小说《二拳师》的意图。后来由于种种原因此小说未能写成，老舍便将其中的主要情节抽取出来，创作了短篇小说《断魂枪》。

“生命是闹着玩，事事显出如此；从前我这么想过，现在我懂得了。”

沙子龙的镖局已改成客栈。

东方的大梦没法子不醒了。炮声压下去马来与印度野林中的虎啸。半醒的人们，揉着眼，祷告着祖先与神灵；不大会儿，失去了国土、自由与权利。门外立着不同面色的人，枪口还热着。他们的长矛毒弩，花蛇斑彩的厚盾，都有什么用呢；连祖先与祖先所信的神明全不灵了啊！龙旗的中国也不再神秘，有了火车呀，穿坟过墓破坏着风水。枣红色多穗的镖旗，绿鲨皮鞘的钢刀，响着串铃的口马，江湖上的智慧与黑话，义气与声名，连沙子龙，他的武艺、事业，都梦似的变成昨夜的。今天是火车、快枪、通商与恐怖。听说，有人还要杀下皇帝的头呢！

这是走镖已没有饭吃，而国术还没被革命党与教育家提倡起来的时候。

谁不晓得沙子龙是短瘦、利落、硬棒，两眼明得像霜夜的大星？可是，现在他身上放了肉。镖局改了客栈，他自己在后小院占着三间北房，大枪立在墙角，院子里有几只楼鸽。只是在夜间，他把小院的门关好，熟习熟习他的“五虎断魂枪”。这条枪与这套枪，二十年的工夫，在西北一带，给他创出来“神枪沙子龙”五个字，没遇见过敌手。现在，这条枪与这套枪不会再替他增光显胜了；只是摸摸这凉、滑、硬而发颤的杆子，使他心中少难过一些而已。只有在夜间独自拿起枪来，才能相信自己还是“神枪沙”。在白天，他不大谈武艺与往事；他的世界已被狂风吹了走。

在他手下创练起来的少年们还时常来找他。他们大多数是没落子弟，都有点武艺，可是没地方去用。有的在庙会上去卖艺：踢两趟腿，练套家伙，翻几个跟头，附带着卖点大力丸，混个三吊两吊的。有的实在闲不起了，去弄筐果子，或挑些毛豆角，赶早儿在街上论斤吆喝出去。那时候，米贱肉贱，肯卖膀子力气本来可以混个肚儿圆；他们可是不成：肚量既大，而且得吃口管事儿的；干饽饽辣饼子咽不下去。况且他们还时常去走会：五虎棍、开路、太狮少狮……虽然算不了什么——比起走镖来——可是到底有个机会活动活动，露露脸。是的，走会捧场是买脸的事，他们打扮的得像个样儿，至少得有条青洋绉裤子，新漂白细市布的小褂，和一双鱼鳞洒鞋——顶好是青缎子抓地虎靴子。他们是神枪沙子龙的徒弟——虽然沙子龙并不承认——得到处露脸，走会得赔上俩钱，说不定还得打场架。没钱，上沙老师那里去求。沙老师不含糊，多少不拘，不让他们空着手儿走。可是，为打架或献技去讨教一个招数，或是请给说个对子——什么空手夺刀，或虎头钩进枪——沙老师有时说句笑话，马虎过去：“教什么？拿开水浇吧！”有时直接把他们逐出去。他们不大明白沙老师是怎么了，心中也有点不乐意。

可是，他们到处为沙老师吹腾，一来是愿意使人知道他们的武艺有真传授，受过高人的指教；二来是为激动沙老师：万一有人不服气而找上老师来，老师难道还不露一两手真的么？所以，沙老师一拳就砸倒了个牛！沙老师一脚把人踢到房上去，并没使多大的劲！他们谁也没见过这种事，但是说着说着，他们相信这是真的了，有年月，有地方，千真万确，敢起誓！

王三胜——沙子龙的大伙计——在土地庙拉开了场子，摆好了家伙。抹了一鼻子茶叶末色的鼻烟，他抡了几下竹节钢鞭，把场子打大一些。放下鞭，没向四围作揖，叉着腰念了两句：“脚踢天下好汉，拳打五路英雄！”向四围扫了一眼：“乡亲们，王三胜不是卖艺的，玩意儿会几套，西北路上走过镖，会过绿林中的朋友。现在闲着没事，拉个场子陪诸位玩玩。有爱练的尽管下来，王三胜以武会友，有赏脸的，我陪着。神枪沙子龙是我的师傅，玩意地道！诸位，有愿下来的没有？”他看着，准知道没人敢下来，他的话硬，可是那条钢鞭更硬，十八斤重。

王三胜，大个子，一脸横肉，努着对大黑眼珠，看着四围。大家不出声。他脱了小褂，紧了紧深月白的腰里硬，把肚子杀进去。给手心一口吐沫，抄起大刀来：

“诸位，王三胜先练趟瞧瞧。不白练，练完了，带着的扔几个；没钱，给喊个好，助助威。这儿没生意口。好，上眼！”

大刀靠了身，眼珠努出多高，脸上绷紧，胸脯子鼓出，像两块老桦木根子。一跺脚，刀横起，大红缨子在肩前摆动。削砍劈拔，蹲越闪转，手起风生，忽忽直响。忽然刀在右手心上旋转，身弯下去，四围鸦雀无声，只有缨铃轻叫。刀顺过来，猛地一个跺泥，身子直挺，比众人高着一头，黑塔似的。收了势：“诸位！”一手持刀，一手叉腰，看着四围。稀稀地扔下几个铜钱，他点点头。“诸位！”他等着，等着，地上依旧是那几个亮而削薄的铜钱，外层的人偷偷散去。他咽了口气：“没人懂！”他低声地说，可是大家全听见了。

“有功夫！”西北角上一个黄胡子老头儿答了话。

“啊？”王三胜好似没听明白。

“我说：你——有——功——夫！”老头子的语气很不得人心。

放下大刀，王三胜随着大家的头往西北看。谁也没看起这个老人：小干巴个儿，披着件粗蓝布大衫，脸上窝窝瘪瘪，眼陷进去很深，嘴上几根细黄胡，肩上扛着条小黄草辫子，有筷子那么细，而绝对不像筷子那么直顺。王三胜可是看出这老家伙有功夫，脑门亮，眼睛亮——眼眶虽深，眼珠可黑得像两口小井，深深地闪着黑光。王三胜不怕：他看得出别人有功夫没有，可更相信自己的本事，他是沙子龙手下的大将。

“下来玩玩，大叔！”王三胜说得很得体。

点点头，老头儿往里走。这一走，四外全笑了。他的胳臂不大动，左脚往前迈，右脚随着拉上来，一步步地往前拉扯，身子整着，像是患过瘫痪病。蹭到场中，把大衫扔在地上，一点没理会四围怎样笑他。

“神枪沙子龙的徒弟，你说？好，让你使枪吧。我呢？”老头子非常的干脆，很像久想动手。

人们全回来了，邻场耍狗熊的无论怎么敲锣也不中用了。

“三截棍进枪吧？”王三胜要看老头子一手，三截棍不是随便就拿得起来的家伙。

老头子又点点头，拾起家伙来。

王三胜努着眼，抖着枪，脸上十分难看。

老头子的黑眼珠更深更小了，像两个香火头，随着面前的枪尖儿转，王三胜忽然觉得不舒服，那俩黑眼球似乎要把枪尖吸进去！四外已围得风雨不透，大家都觉出老头子确是有威。为躲那对眼睛，王三胜耍了个枪花。老头子的黄胡子一动：“请！”王三胜一扣枪，向前躬步，枪尖奔了老头子的喉头去，枪缨打了一个红旋。老人的身子忽然活展了，将身微偏，让过枪尖，前把一挂，后把撩王三胜的手。啪，啪，两响，王三胜的枪撒了手。场外叫了好。王三胜连脸带胸口全紫了，抄起枪来；一个花子，连枪带人滚了过来，枪尖奔了老人的中部。老头子的眼亮得发着黑光，腿轻轻一屈，下把掩裆，上把打着刚要抽回的枪杆；啪，枪又落在地上。

场外又是一片彩声。王三胜流了汗，不再去拾枪，努着眼，木在那里。老头子扔下家伙，拾起大衫，还是拉拉着腿，可是走得很快了。大衫搭在臂上，他过来拍了王三胜一下："还得练哪，伙计！"

"别走！"王三胜擦着汗，"你不离，姓王的服了！可有一样，你敢会会沙老师？"

"就是为会他才来的！"老头子的干巴脸上皱起点来，似乎是笑呢，"走，收了吧，晚饭我请！"

王三胜把兵器拢在一处，寄放在变戏法二麻子那里，陪着老头子往庙外走。后面跟着不少人，他把他们骂散。

"你老贵姓？"他问。

"姓孙哪，"老头子的话与人一样，都那么干巴，"爱练，久想会会沙子龙。"

沙子龙不把你打扁了！王三胜心里说。他脚底下加了劲，可是没把孙老头落下。他看出来，老头子的腿是老走着查拳门中的连跳步，交起手来，必定很快。但是，无论他怎样快，沙子龙是没对手的。准知道孙老头要吃亏，他心中痛快了些，放慢了些脚步。

"孙大叔贵处？"

"河间的，小地方。"孙老者也和气了些，"月棍年刀一辈子枪，不容易见功夫！说真的，你那两手就不坏！"

王三胜头上的汗又回来了，没言语。

到了客栈，他心中直跳，唯恐沙老师不在家，他急于报仇。他知道老师不爱管这种事，师弟们已碰过不少回钉子，可是他相信这回必定行，他是大伙计，不比那些毛孩子。再说，人家在庙会上点名叫阵，沙老师还能丢这个脸么？

“三胜，”沙子龙正在床上看着本《封神榜》，“有事吗？”

三胜的脸又紫了，嘴唇动着，说不出话来。

沙子龙坐起来：“怎了，三胜？”

“栽了跟头！”

只打了个不甚长的哈欠，沙老师没别的表示。

王三胜心中不平，但是不敢发作，他得激动老师：“姓孙的一个老头儿，门外等着老师呢，把我的枪，枪，打掉了两次！”他知道“枪”字在老师心中有多大分量。没等吩咐，他慌忙跑出去。

客人进来，沙子龙在外间屋等着呢。彼此拱手坐下，他叫三胜去泡茶。三胜希望两个老人立刻交了手，可是不能不沏茶去。孙老者没话讲，用深藏着的眼睛打量沙子龙。沙很客气：

“要是三胜得罪了你，不用理他，年纪还轻。”

孙老者有些失望，可也看出沙子龙的精明。他不知怎样好了，不能拿一个人的精明断定他的武艺。“我来领教领教枪法！”他不由得说出来。

沙子龙没接茬儿。王三胜提着茶壶走进来——急于看二人动手，他没管水开了没有，就沏在壶中。

“三胜，”沙子龙拿起个茶碗来，“去找小顺们去，天汇见，陪孙老者吃饭。”

“什么？”王三胜的眼球几乎掉出来。看了看沙老师的脸，他敢怒而不敢言地说了声“是啦！”走出去，噘着大嘴。

“教徒弟不易！”孙老者说。

“我没收过徒弟。走吧，这个水不开！茶馆去喝，喝饿了就吃。”沙子龙从桌子上拿起缎子褡裢，一头装着鼻烟壶，一头装着点钱，挂在腰带上。

“不，我还不饿！”孙老者很坚决，两个“不”字把小辫从肩上抡到后边去。

“说会子话儿。”

“我来为领教领教枪法。”

“功夫早搁下了，”沙子龙指着身上，“已经放了肉！”

“这么办也行，”孙老者深深地看了沙老师一眼，“不比武，教给我那趟五虎断魂枪。”

“五虎断魂枪？”沙子龙笑了，“早忘净了！早忘净了！告诉你，在我这儿住几天，咱们逛逛各处，临走，多少送点盘缠。”

“我不逛，也用不着钱，我来学艺！”孙老者立起来，“我练趟给你看看，看够得上学艺不够！”一屈腰已到了院中，把楼鸽都吓飞起去。拉开架子，他打了趟查拳：腿快，手飘洒，一个飞脚起去，小辫儿飘在空中，像从天上落下来一个风筝；快之中，每个架子都摆得稳、准、利落；来回六趟，把院子满都打到，走得圆，接得紧，身子在一处，而精神贯串到四面八方。抱拳收势，身儿缩紧，好似满院乱飞的燕子忽然归了巢。

“好！好！”沙子龙在台阶上点着头喊。

“教给我那趟枪！”孙老者抱了抱拳。

沙子龙下了台阶，也抱着拳：“孙老者，说真的吧，那条枪和那套枪都跟我入棺材，一齐入棺材！”

“不传？”

“不传！”

孙老者的胡子嘴动了半天，没说出什么来。到屋里抄起蓝布大衫，拉拉着腿：“打搅了，再会！”

“吃过饭走！”沙子龙说。

孙老者没言语。

沙子龙把客人送到小门，然后回到屋中，对着墙角立着的大枪点了点头。

他独自上了天汇，怕是王三胜们在那里等着。他们都没有去。

王三胜和小顺们都不敢再到土地庙去卖艺，大家谁也不再为沙子龙吹腾。反之，他们说沙子龙栽了跟头，不敢和个老头儿动手，那个老头子一脚能踢死个牛。不要说王三胜输给他，沙子龙也不是“个儿”。不过呢，王三胜到底和老头子见了个高低，而沙子龙连句硬话也没敢说。“神枪沙子龙”似乎慢慢被人们忘了。

夜静人稀，沙子龙关好了小门，一气把六十四枪刺下来；而后，拄着枪，望着天上的群星，想起当年在野店荒林的威风。叹一口气，用手指慢慢摸着凉滑的枪身，又微微一笑：“不传！不传！”

作者信息

老舍（1899—1966），原名舒庆春，字舍予，满族，北京人。作家，杰出的语言大师，被授予“人民艺术家”称号。“文化大革命”初期因被迫害而弃世。老舍一生写了约计八百万字的作品，善于刻画市民阶层的生活和心理，同时也努力表现时代进步的步伐；文笔生动、幽默，富有浓郁的地方色彩。主要著作有长篇小说《骆驼祥子》《四世同堂》，中篇小说《月牙儿》《我这一辈子》，剧本《茶馆》等。

品鉴

小说的世界是个似真似幻的艺术世界，它不同于电影，电影直接用画面剪辑，小说却用文字来构建画面，每一个优秀的小说家必定是一个构筑文字造型的高手。老舍先生的《断魂枪》就是一部画面感极强的作品。

小说一开头，兵荒马乱，枪烟炮火，像电影的长镜头，一股脑儿甩到了读者的面前，什么长矛毒弩，什么花蛇斑彩的厚盾，相形之下是如此脆弱，不堪一击。紧接着，长镜头拉回到特写，主人公沙子龙的造型出来了——他身上放了肉，大枪立在墙角，院子里有几只楼鸽。只是在夜间，他把小院的门关好，熟习熟习他的“五虎断魂枪”，摸摸凉、滑、硬而发颤的杆子。于是，这个纷乱世界中的一个过时英雄就活生生地立到了我们面前。像这样镜头自如转换的例子还有一处，就是写到自称是沙子龙徒弟的人的闲散生活，之后出现了一个抢眼的王三胜——大个子，一脸横肉，努着对大黑眼珠——也是富有个性。

小说除了漂亮的点面镜头组合，另一个出彩的地方就是打斗场面的描写，眩目、带劲，虎虎生风，充满动感。且看：“老头子的黄胡子一动：‘请!’……老人的身子忽然活展了，将身微偏，让过枪尖，前把一挂，后把撩王三胜的手。啪，啪，两响，王三胜的枪撒了手。”既是刀光剑影的功夫较量，又不乏江湖侠义的潇洒风度，一招一式，一蹙一怒，干干净净，完全是一幅幅白描手法的连环画，练武之人的昔日风采跃然纸上。

然而历史的车轮毕竟无法倒转，小说最后定格在了一个令人伤感的画面：当年野店荒林中的镖局英雄拄着枪，望着天上的群星，轻轻叹息——他们的时代已经过去了。

呼兰河传（节选）

萧　红

◎ 题解

《呼兰河传》共七章，由三部分组成。第一、二章记叙呼兰河城的地貌人情、风俗习性；第三、四章记叙“我”的童年；第五、六、七章描述“我”记忆中生活于呼兰河山城社会底层的人们。“我”的叙述和回忆成为贯串全篇的主线。萧红以含泪的微笑回忆寂寞的小城和寂寞的童年，叙写小城里各式人等的悲欢际遇和生存情状，体现出苍凉的悲剧感。本文选自《呼兰河传》第二章。

一

呼兰河除了这些卑琐平凡的实际生活之外，在精神上，也还有不少的盛举，如：

跳大神；

唱秧歌；

放河灯；

野台子戏；

四月十八娘娘庙大会……

先说大神。大神是会治病的，她穿着奇怪的衣裳，那衣裳平常的人不穿，红的，是一张裙子，那裙子一围在她的腰上，她的人就变样了。开初，她并不打鼓，只是一围起那红花裙子就哆嗦。从头到脚，无处不哆嗦，哆嗦了一阵之后，又开始打战。她闭着眼睛，嘴里边叽咕的，每一打战，就装出来要倒的样子。把四边的人都吓得一跳，可是她又坐住了。

大神坐的是凳子，她的对面摆着一块牌位，牌位上贴着红纸，写着黑字。那牌位越旧越好，好显得她一年之中跳神的次数不少，越跳多了就越好，她的信用就远近皆知。她的生意就会兴隆起来。那牌前，点着香，香烟慢慢地旋着。

那女大神多半在香点了一半的时候神就下来了。那神一下来，可就威风不同，好像有万马千军让她领导似的，她全身是劲，她站起来乱跳。

大神的旁边，还有一个二神，当二神的都是男人。他并不昏乱，他是清晰如常的，他赶快把一张圆鼓交到大神的手里，大神拿了这鼓，站起来就乱跳，先诉说那附在她身上的神灵的下山的经历，是乘着云，是随着风，或者是驾雾而来，说得非常之雄壮。二神站在一边，大神问他什么，他回答什么。好的二神是对答如流的，坏的二神，一不加小心说冲着了大神的一字，大神就要闹起来的。大神一闹起来的时候，她也没有别的办法，只是打着鼓，乱骂一阵，说这病人，不出今夜就必得死的，死了之后，还会游魂不散，家族、亲戚、乡里都要招灾的。这时吓得那请神的人家赶快烧香点酒。烧香点酒之后，若再不行，就得赶快送上红布来，把红布挂在牌位上。若再不行，就得杀鸡。若闹到了杀鸡这个阶段，就多半不能再闹了。因为再闹就没有什么想头了。

这鸡、这布，一律都归大神所有。跳过了神之后，她把鸡拿回家去自己煮上吃了。把红布用蓝靛染了之后，做起裤子来穿了。

有的大神，一上手就百般地下不来神。请神的人家就得赶快地杀鸡来，若一杀慢了，等一会跳到半道就要骂的。谁家请神都是为了治病，让大神骂，是非常不吉利的。所以对大神是非常尊敬的，又非常怕。

跳大神，大半是天黑跳起，只要一打起鼓来，就男女老幼，都往这跳神的人家跑，若是夏天，就屋里屋外都挤满了人。还有些女人，拉着孩子，抱着孩子，哭天叫地地从墙头上跳起来，跳过来看跳神的。

跳到半夜时分，要送神归山了，那时候，那鼓打得分外的响，大神唱得也分外的好听，邻居左右，十家二十家的人家都听得到，使人听了起着一种悲凉的情绪，二神嘴里唱：

“大仙家回山了，要慢慢地走，要慢慢地行。”

大神说：

“我的二仙家，青龙山，白虎山……夜行三千里，乘着风儿不算难……”

这唱着的词调，混合着鼓声，从几十丈远的地方传来，实在是冷森森的，越听就越有悲凉。听了这种鼓声，往往终夜而不能眠的人也有。

请神的人家为了治病，可不知那家的病人好了没有？却使邻居街坊感慨兴叹，终夜而不能已的也常常有。

满天星光，满屋月亮，人生何似，为什么这么悲凉。

过了十天半月的，又是跳神的鼓，当当地响。于是人们又都着了慌，爬墙的爬墙，登门的登门，看看这一家的大神，显的是什么本领，穿的是什么衣裳，听听她唱的是什么腔调，看看她的衣裳漂亮不漂亮。

跳到了夜静时分，又是送神回山。送神回山的鼓，个个都打得漂亮。

若赶上一个下雨的夜，就特别凄凉，寡妇可以落泪，鳏夫就要起来彷徨。

那鼓声就好像故意招惹那般不幸的人，打得有急有慢，好像一个迷路的人在夜里诉说着他的迷惘，又好像不幸的老人在回想着他幸福的短短的幼年，又好像慈爱的母亲送着她的儿子远行，又好像是生离死别，万分的难舍。

人生为了什么，才有这样凄凉的夜。

似乎下回再有打鼓的连听也不要听了。其实不然，鼓一响就又是上墙头的上墙头，侧着耳朵听的侧着耳朵在听，比西洋人赴音乐会更热心。

二

七月十五盂兰会，呼兰河上放河灯了。

河灯有白菜灯、西瓜灯，还有莲花灯。

和尚、道士吹着笙、管、笛、箫，穿着拼金大红缎子的褊衫。在河沿上打起场子来在做道场。那乐器的声音离开河沿二里路就听到了。

一到了黄昏，天还没有完全黑下来，奔着去看河灯的人就络绎不绝了。大街小巷，那怕终年不出门的人，也要随着人群奔到河沿去。先到了河沿的就蹲在那里。沿着河岸蹲满了人，可是从大街小巷往外出发的人仍是不绝，瞎子、瘸子都来看河灯（这里说错了，唯独瞎子是不来看河灯的），把街道跑得冒了烟了。

姑娘、媳妇，三个一群，两个一伙，一出了大门，不用问，到哪里去。就都是看河灯去。

黄昏时候的七月，火烧云刚刚落下去，街道上发着显微的白光，嘁嘁喳喳，把往日的寂静都冲散了，个个街道都活了起来，好像这城里发生了大火，人们都赶去救火的样子。非常忙迫，踢踢踏踏地向前跑。

先跑到了河沿的就蹲在那里，后跑到的，也就挤上去蹲在那里。

大家一齐等候着，等候着月亮高起来，河灯就要从上水上放下来了。

七月十五是个鬼节，死了的冤魂怨鬼，不得脱生，缠绵在地狱里边是非常苦的，想要脱生，又找不着路。这一天若是每个鬼托着一个河灯，就可得以脱生。大概从阴间到阳间的这一条路，非常之黑，若没有灯是看不见路的。所以放河灯这件事情是件善举。可见活着的正人君子们，对着那些已死的冤魂怨鬼还没有完全忘记。

但是这其间也有一个矛盾，就是七月十五这夜生的孩子，怕是都不大好，多半都是野鬼托着个莲花灯投生而来的。这个孩子长大了将不被父母所喜欢，长到结婚的年龄，男女两家必要先对过生日时辰，才能够结亲。若是女家生在七月十五，这女子就很难出嫁，必须改了生日，欺骗男家。若是男家七月十五的生日，也不大好，不过若是财产丰富的，也就没有多大关系，嫁是可以嫁过去的，虽然就是一个恶鬼，有了钱大概怕也不怎样恶了。但在女子这方面可就万万不可，绝对的不可以。若是有钱的寡妇的独养女，又当别论，因为娶了这姑娘可以有一份财产在那里晃来晃去，就是娶了而带不过财产来，先说那一份妆奁也是少不了的。假说女子就是一个恶鬼的化身，但那也不要紧。

平常的人说："有钱能使鬼推磨。"似乎人们相信鬼是假的，有点不十分真。

但是当河灯一放下来的时候，和尚为着庆祝鬼们更生，打着鼓，叮当地响；念着经，好像紧急符咒似的，表示着，这一工夫可是千金一刻，且莫匆匆地让过，诸位男鬼女鬼，赶快托着灯去投生吧。

念完了经，就吹笙管笛箫，那声音实在好听，远近皆闻。

同时那河灯从上流拥拥挤挤，往下浮来了。浮得很慢，又镇静，又稳当，绝对地看不出来水里边会有鬼们来捉了它们去。

这灯一下来的时候，金乎乎的，亮通通的，又加上有千万人的观众，这举动实在是不小的。河灯之多，有数不过来的数目，大概是几千百只。两岸上的孩子们，拍手叫绝，跳脚欢迎。大人则都看出了神了，一声不响，陶醉在灯光河水之中。灯光照得河水幽幽地发亮。水上跳跃着天空的月亮。真是人生何世，会有这样好的景况。

一直闹到月亮来到了中天，大昴星、二昴星、三昴星都出齐了的时候，才算渐渐地从繁华的景况，走向了冷静的路去。

河灯从几里路长的上流，流了很久很久才流过来了。再流了很久很久才流过去了。在这过程中，有的流到半路就灭了。有的被冲到了岸边，在岸边生了野草的地方就被挂住了。还有每当河灯一流到了下流，就有些孩子拿着竿子去抓它，有些渔船也顺手取了一两只。到后来河灯越来越稀疏了。

到往下流去，就显出荒凉孤寂的样子来了。因为越流越少了。

流到极远处去的，似乎那里的河水也发了黑。而且是流着流着地就少了一个。

河灯从上流过来的时候，虽然路上也有许多落伍的，也有许多淹灭了的，但始终没有觉得河灯是被鬼们托着走了的感觉。

可是当这河灯，从上流的远处流来，人们是满心欢喜的，等流过了自己，也还没有什么。唯独到了最后，那河灯流到了极远的下流去的时候，使看河灯的人们，内心里无由地来了空虚。

“那河灯，到底是要漂到哪里去呢？”

多半的人们，看到了这样的景况，就抬起身来离开了河沿回家去了。于是不但河里冷落，岸上也冷落了起来。

这时再往远处的下流看去，看着，看着，那灯就灭了一个。再看着看着，又灭了一个，还有两个一块灭的。于是就真像被鬼一个一个地托着走了。

打过了三更，河沿上一个人也没有了，河里边一个灯也没有了。

河水是寂静如常的，小风把河水皱着极细的波浪。月光在河水上边并不像在海水上边闪着一片一片的金光，而是月亮落到河底里去了。似乎那渔船上的人，伸手可以把月亮拿到船上来似的。

河的南岸，尽是柳条丛，河的北岸就是呼兰河城。

那看河灯回去的人们，也许都睡着了。不过月亮还是在河上照着。

三

野台子戏也是在河边上唱的。也许秋天，比方这一年秋收好，就要唱一台子戏，感谢天地。若是夏天大旱，人们戴起柳条圈来求雨，在街上几十人，跑了几天，唱着，打着鼓。求雨的人不准穿鞋，龙王爷可怜他们在太阳下边把脚烫得很痛，就因此下了雨了。一下了雨，到秋天就得唱戏的，因为求雨的时候许下了愿。许愿就得还愿，若是还愿的戏就更非唱不可了。

一唱就是三天。

在河岸的沙滩上搭起了台子来。这台子是用杆子绑起来的，上边搭上了席棚，下了一点小雨也不要紧，太阳则完全可以遮住的。

戏台搭好了之后，两边就搭看台。看台还有楼座。坐在那楼座上是很好的，又风凉，又可以远眺。不过，楼座是不大容易坐得到的，除非当地的官、绅，别人是不大坐得到的。既不卖票，哪怕你就是有钱，也没有办法。

只搭戏台，就搭三五天。

台子的架一竖起来，城里的人就说：

“戏台竖起架子来了。”

一上了棚，人就说：

“戏台上棚了。”

戏台搭完了就搭看台，看台是顺着戏台的左边搭一排，右边搭一排，所以是两排平行而相对的。一搭要搭出十几丈远去。

眼看台子就要搭好了，这时候，接亲戚的接亲戚，唤朋友的唤朋友。

比方嫁了的女儿，回来住娘家，临走（回婆家）的时候，做母亲的送到大门外，摆着手还说：

“秋天唱戏的时候，接你回来看戏。”

坐着女儿的车子走远了，母亲含着眼泪还说：

“看戏的时候接你回来。”

所以一到了唱戏的时候，可并不是简单的看戏，而是接姑娘唤女婿，热闹得很。

东家的女儿长大了，西家的男孩子也该成亲了，说媒的这个时候，就走上门来。约定两家的父母在戏台底下，第一天或是第二天，彼此相看。也有只通知男家而不通知女家的，这叫作“偷看”，这样的看法，成与不成，没有关系，比较的自由，反正那家的姑娘也不知道。

所以看戏去的姑娘，个个都打扮得漂亮。都穿了新衣裳，擦了胭脂涂了粉，刘海剪得并排齐。头辫梳得一丝不乱，扎了红辫根，绿辫梢。也有扎了水红的，也有扎了蛋青的。走起路来像客人，吃起瓜子来，头不歪眼不斜的，温文尔雅，都变成了大家闺秀。有的着蛋青色布长衫，有的穿了藕荷色的，有的银灰的。有的还把衣服的边上压了条，有的蛋青色的衣裳压了黑条，有的水红洋纱的衣裳压了蓝条，脚上穿了蓝缎鞋，或是黑缎绣花鞋。

鞋上有的绣着蝴蝶，有的绣着蜻蜓，绣着莲花的，绣着牡丹的，各样的都有。

手里边拿着花手巾，耳朵上戴了长钳子，土名叫作“带穗钳子”。这带穗钳子有两种，一种是金的，翠的；一种是铜的，琉璃的。有钱一点的戴金的，稍微差一点的戴琉璃的。反正都很好看，在耳朵上摇来晃去。黄乎乎，绿森森的。再加上满脸矜持的微笑，真不知这都是谁家的闺秀。

那些已嫁的妇女，也是照样地打扮起来，在戏台下边，东邻西舍的姊妹们相遇了，好互相地品评。

谁的模样俊，谁的鬓角黑。谁的手镯是福泰银楼的新花样，谁的压头簪又小巧又玲珑。谁的一双绛紫缎鞋，真是绣得漂亮。

老太太虽然不穿什么带颜色的衣裳，但也个个整齐，人人利落，手拿长烟袋，头上撇着大扁方。慈祥，温静。

戏还没有开台，呼兰河城就热闹不得了了，接姑娘的，唤女婿的，有一个很好的童谣：

“拉大锯，扯大锯，姥爷（外公）门口唱大戏。接姑娘，唤女婿，小外孙也要去……”

于是乎不但小外孙，三姨三姑也都聚在了一起。

每家如此，杀鸡买酒，笑语迎门，彼此谈着家常，说着趣事，每夜必到三更，灯油不知浪费了多少。

某村某村，婆婆虐待媳妇。哪家哪家的公公喝了酒就要酒疯。又是谁家的姑娘出嫁了刚过一年就生了一对双生。又是谁的儿子十三岁就定了一家十八岁的姑娘做妻子。

烛火灯光之下，一谈谈个半夜，真是非常的温暖而亲切。

一家若有几个女儿，这几个女儿都出嫁了，亲姊妹，两三年不能相遇的也有。平常是一个住东，一个住西，不是隔水的就是离山，而且每人有一大群孩子，也各自有自己的家务，若想彼此过访，那是不可能的事情。

若是做母亲的同时把几个女儿都接来了，那她们的相遇，真仿佛已经隔了三十年了。相见之下，真是不知从何说起，羞羞惭惭，欲言又止，刚一开口又觉得不好意思，过了一刻工夫，耳脸都发起烧来，于是相对无语，心中又喜又悲。过了一袋烟的工夫，等那往上冲的血流落了下去，彼此都逃出了那种昏昏恍恍的境界，这才来找几句不相干的话来开头；或是：

“你多咱来的?”

或是：

“孩子们都带来了?”

关于别离了几年的事情，连一个字也不敢提。

从表面上看来，她们并不像是姊妹，丝毫没有亲热的表现。面面相对的，不知道她们两个人是什么关系，似乎连认识也不认识，似乎从前她们两个并没有见过，而今天是第一次的相见，所以异常的冷落。

但是这只是外表，她们的心里，就早已沟通着了。甚至于在十天或半月之前，她们的心里就早已开始很远地牵动起来，那就是当她们彼此都接到了母亲的信的时候。

那信上写着要接她们姊妹都回来看戏的。

从那时候起，她们就把要送给姐姐或妹妹的礼物规定好了。

一双黑大绒的云子卷，是亲手做的。或者就在她们的本城和本乡里，有一个出名的染缸房，那染缸房会染出来很好的麻花布来。于是送了两匹白布去，嘱咐他好好地加细地染着。一匹是白地染蓝花，一匹是蓝地染白花。蓝地的染的是刘海戏金蟾，白地的染的是蝴蝶闹莲花。

一匹送给大姐姐，一匹送给三妹妹。

现在这东西，就都带在箱子里边。等过了一天二日的，寻个夜深人静的时候，轻轻地从自己的箱底把这等东西取出来，摆在姐姐的面前，说：

“这麻花布被面，你带回去吧!”

只说了这么一句，看样子并不像是送礼物，并不像今人似的，送一点礼物很怕邻居左右看不见，是大嚷大吵着的，说这东西是从什么山上，或是什么海里得来的，哪怕是小河沟子的出品，也必要连那小河沟子的身份也提高，说河沟子是怎样的不凡，是怎样的与众不同，可不同别的河沟子。

这等乡下人，糊里糊涂的，要表现的，无法表现，什么也说不出来，只是把东西递过去就算了事。

至于那受了东西的，也是不会说什么，连声道谢也不说，就收下了。也有的稍微推辞了一下，也就收下了。

“留着你自己用吧!”

当然那送礼物的是加以拒绝。一拒绝，也就收下了。

每个回娘家看戏的姑娘，都零零碎碎地带来一大批东西。送父母的，送兄嫂的，送侄女的，送三亲六故的。带了东西最多的，是凡见了长辈或晚辈都多少有点东西拿得出来，那就是谁的人情最周到。

这一类的事情，等野台子唱完，拆了台子的时候，家家户户才慢慢地传诵。

每个从娘家回婆家的姑娘，也都带着很丰富的东西，这些都是人家送给她的礼品。东西丰富得很，不但有用的，也有吃的，母亲亲手制的咸肉，姐姐亲手晒的干鱼，哥哥上山打猎，打了一只雁来腌上，至今还有一只雁大腿，这个也给看戏的姑娘带回去，带回去给公公去喝酒吧。

于是乌三八四的，离走的前一天晚上，真是忙了个不休，就要分散的姊妹们连说个话儿的工夫都没有了。大包小包一大堆。

再说在这看戏的时间，除了看亲戚、会朋友，还成了许多好事，那就是谁家的女儿和谁家公子订婚了，说是明年二月，或是三月就要娶亲。订婚酒，已经吃过了，眼前就要过“小礼”的，所谓“小礼”就是在法律上的订婚形式，一经过了这番手续，东家的女儿，终归就要成了西家的媳妇了。

也有男女两家都是外乡赶来看戏的，男家的公子也并不在，女家的小姐也并不在。只是两家的双亲有媒人从中沟通着，就把亲事给定了。也有的喝酒作乐的随便地把自己的女儿许给了人家。也有的男女两家的公子、小姐都还没有生出来，就给定下亲了。这叫作“指腹为亲”。这指腹为亲的，多半都是相当有点资财的人家才有这样的事。

两家都很有钱，一家是本地的烧锅掌柜的，一家是白旗屯的大窝堡，两家是一家种高粱，一家开烧锅。开烧锅的需要高粱，种高粱的需要烧锅买他的高粱，烧锅非高粱不可，高粱非烧锅不行。恰巧又赶上这两家的妇人，都要将近生产，所以就“指腹为亲”了。

无管是谁家生了男孩子，谁家生了女孩子，只要是一男一女就规定他们是夫妇。假若两家都生了男孩，那就不能勉强规定了。两家都生了女孩也是不能够规定的。

但是这指腹为亲，好处不太多，坏处是很多的。半路上其中的一家穷了，不开烧锅了，或者没有窝堡了，其余的一家，就不愿意娶他家的姑娘，或是把女儿嫁给一家穷人。假如女家穷了，那还好办，若实在不娶，他也没有什么办法。若是男家穷了，男家就一定要娶，若一定不让娶，那姑娘的名誉就很坏，说她把谁家谁给“妨”穷了，又不嫁了。“妨”字在迷信上说就是因为她命硬，因为她某家某家穷了。以后她就不大容易找婆家，会给她起一个名叫作“望门妨”。无法，只得嫁过去，嫁过去之后，妯娌之间又要说她嫌贫爱富，百般地侮辱她。丈夫因此也不喜欢她了，公公婆婆也虐待她，她一个年轻的未出过家门的女子，受不住这许多攻击，回到娘家去，娘家也无甚办法，就是那当年指腹为亲的母亲说：

“这都是你的命（命运），你好好地耐着吧！”

年青的女子，莫名其妙的，不知道自己为什么要有这样的命，于是往往演出悲剧来，跳井的跳井，上吊的上吊。

古语说："女子上不了战场。"

其实不对的，这井多么深，平白地你问一个男子，问他这井敢跳不敢跳，怕他也不敢的。而一个年轻的女子竟敢了，上战场不一定死，也许回来闹个一官半职的。可是跳井就很难不死，一跳就多半跳死了。

那么节妇坊上为什么没写着赞美女子跳井跳得勇敢的赞词？那是修节妇坊的人故意给删去的。因为修节妇坊的，多半是男人。他家里也有一个女人。他怕是写上了，将来他打他女人的时候，他的女人也去跳井。女人也跳下井，留下来一大群孩子可怎么办？于是一律不写。只写，温文尔雅，孝顺公婆……

大戏还没有开台，就来了这许多事情。等大戏一开了台，那戏台下边，真是人山人海，拥挤不堪。搭戏台的人，也真是会搭，正选了一块平平坦坦的大沙滩，又光滑，又干净，使人就是倒在上边，也不会把衣裳沾一丝儿的土星。这沙滩有半里路长。

人们笑语连天，哪里是在看戏，闹得比锣鼓好像更响，那戏台上出来一个穿红的，进去一个穿绿的，只看见摇摇摆摆地走出走进，别的什么也不知道了，不用说唱得好不好，就连听也听不到。离着近的还看得见不挂胡子的戏子在张嘴，离得远的就连戏台那个穿红衣裳的究竟是一个坤角，还是一个男角也都不大看得清楚。简直是还不如看木偶戏。

但是若有一个唱木偶戏的这时候来在台下，唱起来，问他们看不看，那他们一定不看的，哪怕就连戏台子的边也看不见了，哪怕是站在二里路之外，他们也不看那木偶戏的。因为在大戏台底下，哪怕就是睡了一觉回去，也总算是从大戏台子底下回来的，而不是从什么别的地方回来的。

一年没有什么别的好看，就这一场大戏还能够轻易地放过吗？所以无论看不看，戏台底下是不能不来。

所以一些乡下的人也都来了，赶着几套马的大车，赶着老牛车，赶着花轮子，赶着小车子，小车子上边驾着大骡子。总之家里有什么车就驾了什么车来。也有的似乎他们家里并不养马，也不养别的牲口，就只用了一匹小毛驴，拉着一个花轮子也就来了。

来了之后，这些车马，就一齐停在沙滩上，马匹在草包上吃着草，骡子到河里去喝水。车子上都搭席棚，好像小看台似的，排列在戏台的远处。那车子带来了他们的全家，从祖母到孙子媳，老少三辈，他们离着戏台二三十丈远，听是什么也听不见的，看也很难看到什么，也不过是五红大绿的，在戏台上跑着圈子，头上戴着奇怪的帽子，身上穿着奇怪的衣裳。谁知道那些人都是干什么的，有的看了三天大戏子台，而连一场的戏名字也都叫不出来。回到乡下去，他也跟着人家说长道短的，偶尔人家问了他说的是哪出戏，他竟瞪了眼睛，说不出来了。

至于一些孩子们在戏台底下，就更什么也不知道了，只记住一个大胡子，一个花脸的，谁知道那些都是在做什么，比比画画，刀枪棍棒地乱闹一阵。

反正戏台底下有些卖凉粉的，有些卖糖球的，随便吃去好了。什么黏糕、油炸馒头、豆腐脑都有，这些东西吃了又不饱，吃了这样再去吃那样。卖西瓜的，卖香瓜的，戏台底下都有，招得苍蝇一大堆，嗡嗡地飞。

戏台上敲锣打鼓震天的响。

那唱戏的人，也似乎怕远处的人听不见，也在拼命地喊，喊破了喉咙也压不住台的。那在台下的早已忘记了是在看戏，都在那里说长道短，男男女女的谈起家常来。还有些个远亲，平常一年也看不到，今天在这里看到了，哪能不打招呼。所以三姨二婶子的，就在人多的地方大叫起来，假若是在看台的凉棚里坐着，忽然有一个老太太站了起来，大叫着说：

“他二舅母，你可多咱来的?”

于是那一方也就应声而起。原来坐在看台的楼座上的，离着戏比较近，听唱是听得到的，所以那看台上比较安静。姑娘媳妇都吃着瓜子，喝着茶。对这大嚷大叫的人，别人虽然讨厌，但也不敢去禁止，你若让她小一点声讲话，她会骂了出来：

“这野台子戏，也不是你家的，你愿听戏，你请一台子到你家里去唱……”

另外的一个也说：

“哟哟，我没见过，看起戏来，都六亲不认了，说个话儿也不让……”

这还是比较好的，还有更不客气的，一开口就说：

“小养汉老婆……你奶奶，一辈子家里外头靡受过谁的大声小气，今天来到戏台底下受你的管教来啦，你娘的……”

被骂的人若是不搭言，过一会也就了事了，若一搭言，自然也没有好听的。于是两边就打了起来啦，西瓜皮之类就飞了过去。

这来在戏台下看戏的，不料自己竟演起戏来，于是人们一窝蜂似的，都聚在这个真打真骂的活戏的方面来了。也有一些流氓混子之类，故意地叫着好，惹得全场的人哄哄大笑。假若打仗的还是个年轻的女子，那些讨厌的流氓们还会说着各样的俏皮话，使她火上加油越骂就越凶猛。

自然那老太太无理，她一开口就骂了人。但是一闹到后来，谁是谁非也就看不出来了。

幸而戏台上的戏子总算沉着，不为所动，还在那里阿拉阿拉地唱。过了一个时候，那打得热闹的也究竟平静了。

再说戏台下边也有一些个调情的，那都是南街豆腐房里的嫂嫂，或是碾磨房的碾倌磨倌的老婆。碾倌的老婆看上了一个赶马车的车夫。或是豆腐匠看上了开粮米铺那家的小姑娘。有的是两方面都眉来眼去，有的是一方面殷勤，他一方面则表示要拒之千里之外。这样的多半是一边低，一边高，两方面的资财不对。

绅士之流，也有调情的，彼此都坐在看台之上，东张张，西望望。三亲六故，姐夫小姨之间，未免地就要多看几眼，何况又都打扮得漂亮，非常好看。

绅士们平常到别人家的客厅去拜访的时候，绝不能够看上了人家的小姐就不住地看，那该多么不绅士，那该多么不讲道德。那小姐若一告诉了她的父母，她的父母立刻就和这样的朋友绝交。绝交了，倒不要紧，要紧的是一传出去名誉该多坏。绅士是高雅的，哪能够不清不白的，哪能够不分长幼地去存心朋友的女儿，像那般下等人似的。

绅士彼此一拜访的时候，都是先让到客厅里去，端端庄庄地坐在那里，而后倒茶装烟。规矩礼法，彼此都尊为是上等人。朋友的妻子儿女，也都出来拜见，尊为长者。在这种时候，只能问问大少爷的书读了多少，或是又写了多少字了。连朋友的太太也不可以过多地谈话，何况朋友的女儿呢？那就连头也不能够抬的，哪里还敢细看。

现在在戏台上看看怕不要紧，假设有人问道，就说是东看西看，瞧一瞧是否有朋友在别的看台上。何况这地方又人多眼杂，也许没有人留意。

三看两看的，朋友的小姐倒没有看上，可看上了不知道在什么地方见到过的一位妇人，那妇人拿着小小的鹅翎扇子，从扇子梢上往这边转着眼珠，虽说是一位妇人，可是又年轻，又漂亮。

这时候，这绅士就应该站起来打着口哨，好表示他是开心的。可是我们中国上一辈的老绅士不会这一套。他另外也有一套，就是他的眼睛似睁非睁地迷离恍惚地望了出去，表示他对她有无限的情意。可惜离得太远，怕不会看得清楚，也许枉费了心思了。

也有的在戏台下边，不听父母之命，不听媒妁之言，自己就结了终身不解之缘。这多半是表哥表妹，等等，稍有点出身来历的公子小姐的行为。他们一言为定，终身合好。间或也有被父母所阻拦，生出来许多波折。但那波折都是非常美丽的，使人一讲起来，真是比看《红楼梦》更有趣味。来年再唱大戏的时候，姊妹们一讲起这佳话来，真是增添了不少的回想……

赶着车进城来看戏的乡下人，他们就在河边沙滩上，扎了营了。夜里大戏散了，人们都回家了，只有这等连车带马的，他们就在沙滩上过夜。好像出征的军人似的，露天为营。有的住了一夜，第二夜就回去了。有的住了三夜，一直到大戏唱完，才赶着车子回乡。不用说这沙滩上是很雄壮的，夜里，他们每家燃了火，煮茶的煮茶，谈天的谈天。但终归是人数太少，也不过二三十辆车子。所燃起来的火，也不会火光冲天，所以多少有一些凄凉之感。夜深了，住在河边上，被河水吸着又特别的凉，人家睡起觉来都觉得冷森森的。尤其是车夫马倌之类，他们不能够睡觉，怕是有土匪来抢劫他们马匹，所以就坐以待旦。

于是在纸灯笼下边，三个两个地赌钱。赌到天色发白了，该牵着马到河边去饮水去了。在河上，遇到了捉蟹的蟹船。蟹船上的老头说：

“昨天的《打渔杀家》唱得不错。听说今天还有《汾河湾》。”

那牵着牲口饮水的人，是一点大戏常识也没有的。他只听到牲口喝水的声音呵呵的，其他的则不知所答了。

四

四月十八娘娘庙大会，这也是为着神鬼，而不是为着人的。

这庙会的土名就叫作“逛庙”，也是无分男女老幼都来逛的，但其中以女子最多。

女子们早晨起来，吃了早饭，就开始梳洗打扮。打扮好了，就约了东家姐姐、西家妹妹的去逛庙去了。竟有一起来就先梳洗打扮的，打扮好了，才吃饭，一吃了饭就走了。总之一到逛庙这天，各不后人，到不了半晌午，就车水马龙，拥挤得气息不通了。

挤丢了孩子的站在那儿喊，找不到妈的孩子在人群里边哭，三岁的、五岁的，还有两岁的刚刚会走，竟也被挤丢了。

所以每年庙会上必得有几个警察在收这些孩子。收了站在庙台上，等着他的家人来领。偏偏这些孩子都很胆小，张着嘴大哭，哭得实在可怜，满头满脸是汗。有的十二三岁了，也被丢了，问他，家住在哪里？他竟说不出所以然来，东指指，西划划，说是他家门口有一条小河沟，那河沟里边出虾米，就叫作“虾沟子”，也许他家那地名就叫“虾沟子”，听了使人莫名其妙。再问他这虾沟子离城多远，他便说：骑马要一顿饭的工夫可到，坐车要三顿饭的工夫可到。究竟离城多远，他没有说。问他姓什么，他说他祖父叫史二，他父亲叫史成……这样你就再也不敢问他了。要问他吃饭没有，他就说：“睡觉了。”这是没有办法的，任他去吧。于是就都连大带小地一齐站在庙门口，他们哭的哭，叫的叫，好像小兽似的，警察在看守他们。

娘娘庙是在北大街上，老爷庙和娘娘庙离不了好远。那些烧香的人，虽然说是求子求孙，是先该向娘娘来烧香的，但是人们都以为阴间也是一样的重男轻女，所以不敢倒反天干。所以都是先到老爷庙去，打过钟，磕过头，好像跪到那里报个到似的，而后才上娘娘庙去。

老爷庙有大泥像十多尊，不知道哪个是老爷，都是威风凛凛，气概盖世的样子。有的泥像的手指尖都被攀了去，举着没有手指的手在那里站着，有的眼睛被挖了，像是个瞎子似的。有的泥像的脚趾是被写了一大堆的字，那字不太高雅，不怎么合乎神的身份。似乎是说泥像也该娶个老婆，不然他看了和尚去找小尼姑，他是要忌妒的。这字现在没有了，传说是这样。

为了这个，县官下了命令，不到初一十五，一律地把庙门锁起来，不准闲人进去。

当地的县官是很讲仁义道德的。传说他第五个姨太太，就是从尼姑庵接来的。所以他始终相信，尼姑绝不会找和尚。自古就把尼姑列在和尚一起，其实是世人不查，人云亦云。好比县官的第五房姨太太，就是个尼姑。难道她也被和尚找过了吗？这是不可能的。

所以下令一律地把庙门关了。

娘娘庙里比较的清静，泥像也有一些个，以女子为多，多半都没有横眉竖眼，近乎普通人，使人走进了大殿不必害怕。不用说是娘娘了，那自然是很好的温顺的女性。就说女鬼吧，也都不怎样恶，至多也不过披头散发的就完了，也绝没有像老爷庙里那般泥像似的，眼睛冒了火，或像老虎似的张着嘴。

不但孩子进了老爷庙有的吓得大哭，就连壮年的男人进去也要肃然起敬，好像说虽然他在壮年，那泥像若走过来和他打打，他也绝打不过那泥像的。

所以在老爷庙上磕头的人，心里比较虔诚，因为那泥像，身子高、力气大。

到了娘娘庙，虽然也磕头，但就总觉得那娘娘没有什么出奇之处。

塑泥像的人是男人，他把女人塑得很温顺，似乎对女人很尊敬。他把男人塑得很凶猛，似乎男性很不好。其实不对的，世界上的男人，无论多凶猛，眼睛冒火的似乎还未曾见过。就说西洋人吧，虽然与中国人的眼睛不同，但也不过是蓝瓦瓦的有点类似猫头的眼睛而已，冒了火的还没有。眼睛会冒火的民族，目前的世界还未发现。那么塑泥像的人为什么把他塑成那个样子呢？那就是让你一见生畏，不但磕头，而且要心服。就是磕完了头站起再看看，也绝不会后悔，不会后悔这头是向一个平庸无奇的人白白磕了。至于塑像的人塑起女子来为什么要那么温顺，那就告诉人，温顺的就是老实的，老实的就是好欺侮的，告诉人快来欺侮她们吧。

人若老实了，不但异类要来欺侮，就是同类也不同情。

比方女子去拜过了娘娘庙，也不过向娘娘讨子讨孙。讨完了就出来了，其余的并没有什么尊敬的意思。觉得子孙娘娘也不过是个普通的女子而已，只是她的孩子多了一些。

所以男人打老婆的时候便说：

“娘娘还得怕老爷打呢？何况你一个长舌妇!”

可见男人打女人是天理应该，神鬼齐一。怪不得那娘娘庙里的娘娘特别温顺，原来是常常挨打的缘故。可见温顺也不是怎样优良的天性，而是被打的结果。甚或是招打的缘由。

两个庙都拜过了的人，就出来了，拥挤在街上。街上卖什么玩具的都有，多半玩具都是适于几岁的小孩子玩的。泥做的泥公鸡，鸡尾巴上插着两根红鸡毛，一点也不像，可是使人看去，就比活的更好看。家里有小孩子的不能不买。何况拿在嘴上一吹又会呜呜地响。买了泥公鸡，又看见了小泥人，小泥人的背上也有一个洞，这洞里边插着一根芦苇，一吹就响。那声音好像是诉怨似的，不太好听，但是孩子们都喜欢，做母亲的也一定要买。其余的如卖哨子的，卖小笛子的，卖线蝴蝶的，卖不倒翁的，其中尤以不倒翁最著名，也最上讲究，家家都买，有钱的买大的，没有钱的，买个小的。大的有一尺多高，二尺来高。小的有小得像个鸭蛋似的。无论大小，都非常灵活，按倒了就起来，起得很快，是随手就起来的。买不倒翁要当场试验，间或有生手的工匠所做出来的不倒翁，因屁股太大了，它不愿意倒下，也有的倒下了它就不起来。所以买不倒翁的人就把手伸出去，一律把它们按倒，看哪个先站起来就买哪个，当那一倒一起的时候真是可笑，摊子旁边围了些孩子，专在那里笑。不倒翁长得很好，又白又胖。并不是老翁的样子，也不过它的名字叫不倒翁就是了。其实它是一个胖孩子。做得讲究一点的，头顶上还贴了一撮毛，算是头发。有头发的比没有头发的要贵二百钱。有的孩子买的时候力争要带头发的，做母亲的舍不得那二百钱，就说到家给他剪点狗毛贴。孩子非要带毛的不可，选了一个带毛的抱在怀里不放。没有法只得买了。这孩子抱着欢喜了一路，等到家一看，那撮毛不知什么时候已经飞了。于是孩子大哭。虽然母亲已经给剪了撮狗毛贴上了，但那孩子就总觉得这狗毛不是真的，不如原来的好看。也许那原来也贴的是狗毛。或许还不如现在的这个好看。但那孩子就总不开心，忧愁了一个下半天。

庙会到下半天就散了。虽然庙会是散了，可是庙门还开着，烧香的人、拜佛的人陆续的还有。有些没有儿子的妇女，仍旧在娘娘庙上捉弄着娘娘。给子孙娘娘的背后钉一个纽扣，给她的脚上绑一条带子，耳朵上挂一只耳环，给她戴一副眼镜，把她旁边的泥娃娃给偷着抱走了一个。据说这样做，来年就都会生儿子的。

娘娘庙的门口，卖带子的特别多，妇人们都争着去买，她们相信买了带子，就会把儿子给带来了。

若是未出嫁的女儿，也误买了这东西，那就将成为大家的笑柄了。

庙会一过，家家户户就都有一个不倒翁，离城远至十八里路的，也都买了一个回去。回到家里，摆在迎门的向口，使别人一过眼就看见了，他家的确有一个不倒翁。不差，这证明逛庙会的时节他家并没有落伍，的确是去逛过了。

歌谣上说：

“小大姐，去逛庙，扭扭搭搭走得俏，回来买个扳不倒。”

五

这些盛举，都是为鬼而做的，并非为人而做的。至于人去看戏、逛庙，也不过是揩油借光的意思。

跳大神有鬼，唱大戏是唱给龙王爷看的。七月十五放河灯，是把灯放给鬼，让他顶着个灯去脱生。四月十八也是烧香磕头地祭鬼。

只有跳秧歌，是为活人而不是为鬼预备的。跳秧歌是在正月十五，正是农闲的时候，趁着新年而化起装来，男人装女人，装得滑稽可笑。

狮子、龙灯、旱船，等等，似乎也跟祭鬼似的，花样复杂，一时说不清楚。

作者信息

萧红（1911—1942），原名张迺莹，笔名悄吟等。女作家。1911 年出生于黑龙江呼兰，幼年丧母，自幼缺少父母的爱，只有年迈的祖父给予她一丝家庭的温情。19 岁时因反抗包办婚姻而离家出走，开始流浪生活。1932 年结识萧军，后与萧军志同道合地一起开始文艺创作。1934 年离开东北到青岛，完成了小说《生死场》的创作，同年到上海，在鲁迅的帮助下得以出版《生死场》，受到文坛的关注。1936 年只身东渡日本养病。抗日战争爆发后辗转汉口、临汾、武汉、重庆等地，与萧军分手后，又与端木蕻良结婚。1940 年病中创作长篇小说《马伯乐》。同年到香港，在寂寞中完成长篇小说《呼兰河传》，在小说文体上开拓了新的叙事空间。1942 年病逝于香港。

品　鉴

要点不在《呼兰河传》不像是一部严格意义的小说，而在于它这“不像”之外，还有些别的东西——一些比“像”一部小说更为“诱人”些的东西：它是一篇叙事诗，一幅多彩的风土画，一串凄婉的歌谣。

有讽刺，也有幽默，开始读时有轻松之感，然而愈读下去心头就会一点一点沉重起来。可是，仍然有美，即使这美有点病态，也仍然不能不使你眩惑。

茅盾：《〈呼兰河传〉序》

萧红的小说风格大致是散文化的，斑斑点点的生活素描构成了她独有的艺术格局，尤以《呼兰河传》为最。看似散文，却排列着彼此连贯的生活故事，从那些故事中渐次走出，从呼兰河小城的民俗风光中迈入深层，便出现了泪痕斑斑、血渍模糊的人物描写，小团圆媳妇、有二伯、冯歪嘴子、王大姐等一系列形象构成的小说结构到此时始在人们的眼前脱颖而出。萧红小说的散文化特色，在于她的将散文与小说既无分界又有分界的有机的艺术组合，不能把《呼兰河传》前半部的风俗人情的描绘视作冗笔，譬如踯躅于山阴道上，树木葱茏，雀鸟鸣啭，同进入奇峰怪石的胜境虽非同一境地，但属于这整体的景色的一部分则是无疑的。小说前半部的抒情状物，正同下半部的凄惶之情遥相呼应，这属于别一境界的艺术风格恰好是萧红小说独有的奇气。

荒煤　洁泯：《中国新文学大系 1937—1949・长篇小说卷一・序》

受戒

汪曾祺

◎ 题 解

《受戒》是汪曾祺的代表作，发表于《北京文学》1980年第10期。这篇小说一经发表便引起广泛讨论，深深影响了新时期的小说发展。作品描写了水乡小镇中小和尚和农家女之间天真无邪的朦胧爱情，洋溢着人性和人情的欢歌。

明海出家已经四年了。

他是十三岁来的。

这个地方的地名有点怪，叫庵赵庄。赵，是因为庄上大都姓赵。叫作庄，可是人家住得很分散，这里两三家，那里两三家。一出门，远远可以看到，走起来得走一会，因为没有大路，都是弯弯曲曲的田埂。庵，是因为有一个庵。庵叫菩提庵，可是大家叫讹了，叫成荸荠庵。连庵里的和尚也这样叫。“宝刹何处?”——“荸荠庵。”庵本来是住尼姑的。“和尚庙”“尼姑庵”嘛。可是荸荠庵住的是和尚。也许因为荸荠庵不大，大者为庙，小者为庵。

明海在家叫小明子。他是从小就确定要出家的。他的家乡不叫“出家”，叫“当和尚”。他的家乡出和尚。就像有的地方出劁猪的，有的地方出织席子的，有的地方出箍桶的，有的地方出弹棉花的，有的地方出画匠，有的地方出婊子，他的家乡出和尚。人家弟兄多，就派一个出去当和尚。当和尚也要通过关系，也有帮。这地方的和尚有的走得很远。有到杭州灵隐寺的、上海静安寺的、镇江金山寺的、扬州天宁寺的。一般的就在本县的寺庙。明海家田少，老大、老二、老三，就足够种的了。他是老四。他七岁那年，他当和尚的舅舅回家，他爹、他娘就和舅舅商议，决定叫他当和尚。他当时在旁边，觉得这实在是在情在理，没有理由反对。当和尚有很多好处。一是可以吃现成饭。哪个庙里都是管饭的。二是可以攒钱。只要学会了放瑜伽焰口，拜梁皇忏，可以按例分到辛苦钱。积攒起来，将来还俗娶亲也可以；不想还俗，买几亩田也可以。当和尚也不容易，一要面如朗月，二要声如钟磬，三要聪明记性好。他舅舅给他相了相面，叫他前走几步，后走几步，又叫他喊了一声赶牛打场的号子："格当嘚——"，说是："明子准能当个好和尚，我包了！"要当和尚，得下点本——念几年书。哪有不认字的和尚呢！于是明子就开蒙入学，读了《三字经》《百家姓》《四言杂字》《幼学琼林》《上论、下论》《上孟、下孟》，每天还写一张仿。村里都夸他字写得好，很黑。

舅舅按照约定的日期又回了家，带了一件他自己穿的和尚领的短衫，叫明子娘改小一点，给明子穿上。明子穿了这件和尚短衫，下身还是在家穿的紫花裤子，赤脚穿了一双新布鞋，跟他爹、他娘磕了一个头，就随舅舅走了。

他上学时起了个学名，叫明海。舅舅说，不用改了。于是"明海"就从学名变成了法名。

过了一个湖。好大一个湖！穿过一个县城。县城真热闹：官盐店，税务局，肉铺里挂着成边的猪，一个驴子在磨芝麻，满街都是小磨香油的香味，布店，卖茉莉粉、梳头油的什么斋，卖绒花的，卖丝线的，打把式卖膏药的，吹糖人的，耍蛇的……他什么都想看看。舅舅一个劲地推他：

“快走！快走！”

到了一个河边，有一只船在等着他们。船上有一个五十来岁的瘦长瘦长的大伯，船头蹲着一个跟明子差不多大的女孩子，在剥一个莲蓬吃。明子和舅舅坐到舱里，船就开了。

明子听见有人跟他说话，是那个女孩子。

“是你要到荸荠庵当和尚吗？”

明子点点头。

“当和尚要烧戒疤呕！你不怕？”

明子不知道怎么回答，就含含糊糊地摇了摇头。

“你叫什么？”

“明海。”

“在家的时候？”

“叫明子。”

“明子！我叫小英子！我们是邻居。我家挨着荸荠庵。——给你！”

小英子把吃剩的半个莲蓬扔给明海，小明子就剥开莲蓬壳，一颗一颗吃起来。

大伯一桨一桨地划着，只听见船桨拨水的声音：

“哗——许！哗——许！”

……

荸荠庵的地势很好，在一片高地上。这一带就数这片地势高，当初建庵的人很会选地方。门前是一条河。门外是一片很大的打谷场。三面都是高大的柳树。山门里是一个穿堂。迎门供着弥勒佛。不知是哪一位名士撰写了一副对联：

大肚能容容天下难容之事

开颜一笑笑世间可笑之人

弥勒佛背后，是韦驮。过穿堂，是一个不小的天井，种着两棵白果树。天井两边各有三间厢房。走过天井，便是大殿，供着三世佛。佛像连龛才四尺来高。大殿东边是方丈，西边是库房。大殿东侧，有一个小小的六角门，白门绿字，刻着一副对联：

一花一世界

三藐三菩提

进门有一个狭长的天井，几块假山石，几盆花，有三间小房。

小和尚的日子清闲得很。一早起来，开山门，扫地。庵里的地铺的都是箩底方砖，好扫得很，给弥勒佛、韦驮烧一炷香，正殿的三世佛面前也烧一炷香、磕三个头、念三声“南无阿弥陀佛”，敲三声磬。这庵里的和尚不兴做什么早课、晚课，明子这三声磬就全部代替了。然后，挑水，喂猪。然后，等当家和尚，即明子的舅舅起来，教他念经。

教念经也跟教书一样，师父面前一本经，徒弟面前一本经，师父唱一句，徒弟跟着唱一句。是唱哎。舅舅一边唱，一边还用手在桌上拍板。一板一眼，拍得很响，就跟教唱戏一样。是跟教唱戏一样，完全一样哎。连用的名词都一样。舅舅说，念经：一要板眼准，二要合工尺。说：当一个好和尚，得有条好嗓子。说：民国二十年闹大水，运河倒了堤，最后在清水潭合龙，因为大水淹死的人很多，放了一台大焰口，十三大师——十三个正座和尚，各大庙的方丈都来了，下面的和尚上百。谁当这个首座？推来推去，还是石桥——善因寺的方丈！他往上一坐，就跟地藏王菩萨一样，这就不用说了；那一声“开香赞”，围看的上千人立时鸦雀无声。说：

嗓子要练，夏练三伏，冬练三九，要练丹田气！说：要吃得苦中苦，方为人上人！说：和尚里也有状元、榜眼、探花！要用心，不要贪玩！舅舅这一番大法要说得明海和尚实在是五体投地，于是就一板一眼地跟着舅舅唱起来：

“炉香乍爇——”

“炉香乍爇——”

“法界蒙薰——”

“法界蒙薰——”

“诸佛现金身……”

“诸佛现金身……”

……

等明海学完了早经——他晚上临睡前还要学一段，叫作晚经——荸荠庵的师父们就都陆续起床了。

这庵里人口简单，一共六个人。连明海在内，五个和尚。

有一个老和尚，六十几了，是舅舅的师叔，法名普照，但是知道的人很少，因为很少人叫他法名，都称之为老和尚或老师父，明海叫他师爷爷。这是个很枯寂的人，一天关在房里，就是那“一花一世界”里。也看不见他念佛，只是那么一声不响地坐着。他是吃斋的，过年时除外。

下面就是师兄弟三个，仁字排行：仁山、仁海、仁渡。庵里庵外，有的称他们为大师父、二师父；有的称之为山师父、海师父。只有仁渡，没有叫他“渡师父”的，因为听起来不像话，大都直呼之为仁渡。他也只配如此，因为他还年轻，才二十多岁。

仁山，即明子的舅舅，是当家的。不叫“方丈”，也不叫“住持”，却叫“当家的”，是很有道理的，因为他确确实实干的是当家的职务。他屋里摆的是一张账桌，桌子上放的是账簿和算盘。账簿共有三本。一本是经账，一本是租账，一本是债账。和尚要做法事，做法事要收钱——要不，当和尚干什么？常做的法事是放焰口。正规的焰口是十个人。一个正座，一个敲鼓的，两边一边四个。人少了，八个，一边三个，也凑合了。荸荠庵只有四个和尚，要放整焰口就得和别的庙里合伙。这样的时候也有过。通常只是放半台焰口。一个正座，一个敲鼓，另外一边一个。一来找别的庙里合伙费事；二来这一带放得起整焰口的人家也不多。有的时候，谁家死了人，就只请两个，甚至一个和尚咕噜咕噜念一通经，敲打几声法器就算完事。很多人家的经钱不是当时就给，往往要等秋后才还。这就得记账。另外，和尚放焰口的辛苦钱不是一样的。就像唱戏一样，有份子。正座第一份。因为他要领唱，而且还要独唱。当中有一大段“叹骷髅”，别的和尚都放下法器休息，只有首座一个人有板有眼地曼声吟唱。第二份是敲鼓的。你以为这容易呀？哼，单是一开头的“发擂”，手上没功夫就敲不出迟疾顿挫！其余的，就一样了。这也得记上：某月某日、谁家焰口半台，谁正座，谁敲鼓……省得到年底结账时赌咒骂娘。……这庵里有几十亩庙产，租给人种，到时候要收租。庵里还放债。租、债一向倒很少亏欠，因为租佃借钱的人怕菩萨不高兴。这三本账就够仁山忙的了。另外香烛、灯火、油盐“福食”，这也得随时记记账呀。除了账簿之外，山师父的方丈的墙上还挂着一块水牌，上漆四个红字：“勤笔免思”。

仁山所说当一个好和尚的三个条件，他自己其实一条也不具备。他的相貌只要用两个字就说清楚了：黄，胖。声音也不像钟磬，倒像母猪。聪明么？难说，打牌老输。他在庵里从不穿袈裟，连海青直裰也免了。经常是披着件短僧衣，袒露着一个黄色的肚子。下面是光脚趿拉着一双僧鞋——新鞋他也是趿拉着。他一天就是这样不衫不履地这里走走，那里走走，发出母猪一样的声音：“嗯——嗯——”

二师父仁海。他是有老婆的。他老婆每年夏秋之间来住几个月，因为庵里凉快。庵里有六个人，其中之一，就是这位和尚的家眷。仁山、仁渡叫她嫂子，明海叫她师娘。这两口子都很爱干净，整天的洗涮。傍晚的时候，坐在天井里乘凉。白天，闷在屋里不出来。

三师父是个很聪明精干的人。有时一笔账大师兄扒了半天算盘也算不清，他眼珠子转两转，早算得一清二楚。他打牌赢的时候多，二三十张牌落地，上下家手里有些什么牌，他就差不多都知道了。他打牌时，总有人爱在他后面看歪头胡。谁家约他打牌，就说：“想送两个钱给你。”他不但经忏俱通（小庙的和尚能够拜忏的不多），而且身怀绝技，会“飞铙”。七月间有些地方做盂兰会，在旷地上放大焰口，几十个和尚，穿绣花袈裟，飞铙。飞铙就是把十多斤重的大铙钹飞起来。到了一定的时候，全部法器皆停，只几十副大铙紧张急促地敲起来。忽然起手，大铙向半空中飞去，一面飞，一面旋转。然后，又落下来，接住。接住不是平平常常地接住，有各种架势，“犀牛望月”“苏秦背剑”……这哪是念经，这是耍杂技。也许是地藏王菩萨爱看这个，但真正因此快乐起来的是人，尤其是妇女和孩子。这是年轻漂亮的和尚出风头的机会。一场大焰口过后，也像一个好戏班子过后一样，会有一个两个大姑娘、小媳妇失踪——跟和尚跑了。他还会放“花焰口”。有的人家，亲戚中多风流子弟，在不是很哀伤的佛事——如做冥寿时，就会提出放花焰口。所谓“花焰口”就是在正焰口之后，叫和尚唱小调，拉丝弦，吹管笛，敲鼓板，而且可以点唱。仁渡一个人可以唱一夜不重头。仁渡前几年一直在外面，近二年才常住在庵里。据说他有相好的，而且不止一个。他平常可是很规矩，看到姑娘媳妇总是老老实实的，连一句玩笑话都不说，一句小调山歌都不唱。有一回，在打谷场上乘凉的时候，一伙人把他围起来，非叫他唱两个不可。他却情不过，说："好，唱一个。不唱家乡的。家乡的你们都熟，唱个安徽的。"

姐和小郎打大麦，
一转子讲得听不得。
听不得就听不得，
打完了大麦打小麦。

唱完了，大家还嫌不够，他就又唱了一个：

姐儿生得漂漂的，
两个奶子翘翘的。
有心上去摸一把，
心里有点跳跳的。
……

这个庵里无所谓清规，连这两个字也没人提起。

仁山吃水烟，连出门做法事也带着他的水烟袋。

他们经常打牌。这是个打牌的好地方。把大殿上吃饭的方桌往门口一搭，斜放着，就是牌桌。桌子一放好，仁山就从他的方丈里把筹码拿出来，哗啦一声倒在桌上。斗纸牌的时候多，搓麻将的时候少。牌客除了师兄弟三人，常来的是一个收鸭毛的，一个打兔子兼偷鸡的，都是正经人。收鸭毛的担一副竹筐，串乡串镇，拉长了沙哑的声音喊叫：

"鸭毛卖钱——！"

偷鸡的有一件家什——铜蜻蜓。看准了一只老母鸡，把铜蜻蜓一丢，鸡婆子上去就是一口。这一啄，铜蜻蜓的硬簧绷开，鸡嘴撑住了，叫不出来了。正在这鸡十分纳闷的时候，上去一把薅住。

明子曾经跟这位正经人要过铜蜻蜓看看。他拿到小英子家门前试了一试，果然！小英子的娘知道了，骂明子：

“要死了！儿子！你怎么到我家来玩铜蜻蜓了！”

小英子跑过来：

“给我！给我！”

她也试了试，真灵，一个黑母鸡一下子就把嘴撑住，傻了眼了！

下雨阴天，这二位就光临荸荠庵，消磨一天。

有时没有外客，就把老师叔也拉出来，打牌的结局，大都是当家和尚气得鼓鼓的：“×妈妈的！又输了！下回不来了！”

他们吃肉不瞒人。年下也杀猪。杀猪就在大殿上。一切都和在家一样，开水、木桶、尖刀。捆猪的时候，猪也是没命地叫。跟在家不同的，是多一道仪式，要给即将升天的猪念一道“往生咒”，并且总是老师叔念，神情很庄重：

“……一切胎生、卵生、息生，来从虚空来，还归虚空去，往生再世，皆当欢喜。南无阿弥陀佛！”

三师父仁渡一刀子下去，鲜红的猪血就带着很多沫子喷出来。

…………

明子老往小英子家里跑。

小英子的家像一个小岛，三面都是河，西面有一条小路通到荸荠庵。独门独户，岛上只有这一家。岛上有六棵大桑树，夏天都结大桑葚，三棵结白的，三棵结紫的；一个菜园子，瓜豆蔬菜，四时不缺。院墙下半截是砖砌的，上半截是泥夯的。大门是桐油油过的，贴着一副万年红的春联：

向阳门第春常在

门里是一个很宽的院子。院子里一边是牛屋、碓棚；一边是猪圈、鸡窠，还有个关鸭子的栅栏。露天地放着一具石磨。正北面是住房，也是砖基土筑，上面盖的一半是瓦，一半是草。房子翻修了才三年，木料还露着白茬。正中是堂屋，家神菩萨的画像上贴的金还没有发黑。两边是卧房。隔扇窗上各嵌了一块一尺见方的玻璃，明亮亮的——这在乡下是不多见的。房檐下一边种着一棵石榴树，一边种着一棵栀子花，都齐房檐高了。夏天开了花，一红一白，好看得很。栀子花香得冲鼻子。顺风的时候，在荸荠庵都闻得见。

这家人口不多。他家当然是姓赵。一共四口人：赵大伯、赵大妈，两个女儿，大英子、小英子。老两口没得儿子。因为这些年人不得病，牛不生灾，也没有大旱大水闹蝗虫，日子过得很兴旺。他们家自己有田，本来够吃的了，又租种了庵上的十亩田。自己的田里，一亩种了荸荠——这一半是小英子的主意，她爱吃荸荠，一亩种了慈姑。家里喂了一大群鸡鸭，单是鸡蛋鸭毛就够一年的油盐了。赵大伯是个能干人。他是一个“全把式”，不但田里场上样样精通，还会罩鱼、洗磨、凿砻、修水车、修船、砌墙、烧砖、箍桶、劈篾、绞麻绳。他不咳嗽，不腰疼，结结实实，像一棵榆树。人很和气，一天不声不响。赵大伯是一棵摇钱树，赵大娘就是个聚宝盆。大娘精神得出奇。五十岁了，两个眼睛还是清亮亮的。不论什么时候，头都是梳得滑滴滴的，身上衣服都是格挣挣的。像老头子一样，她一天不闲着。煮猪食，喂猪，腌咸菜——她腌的咸萝卜干非常好吃，舂粉子，磨小豆腐，编蓑衣，织芦篚。她还会剪花样子。这里嫁闺女，陪嫁妆，磁坛子、锡罐子，都要用梅红纸剪出吉祥花样，贴在上面，讨个吉利，也才好看：“丹凤朝阳”呀、“白头到老”呀、“子孙万代”呀、“福寿绵长”呀。二三十里的人家都来请她：“大娘，好日子是十六，你哪天去呀？”——“十五，我一大清早就来！”

“一定呀！”——“一定！一定！”

两个女儿，长得跟她娘像一个模子里托出来的。眼睛长得尤其像，白眼珠鸭蛋青，黑眼珠棋子黑，定神时如清水，闪动时像星星。浑身上下，头是头，脚是脚。头发滑溜溜的，衣服格挣挣的。——这里的风俗，十五六岁的姑娘就都梳上头了。这两个丫头，这一头的好头发！通红的发根，雪白的簪子！娘女三个去赶集，一集的人都朝她们望。

姐妹俩长得很像，性格不同。大姑娘很文静，话很少，像父亲。小英子比她娘还会说，一天叽叽呱呱地不停。大姐说：

“你一天到晚叽叽呱呱——”

“像个喜鹊！”

“你自己说的！——吵得人心乱！”

“心乱？”

“心乱！”

“你心乱怪我呀！”

二姑娘话里有话。大英子已经有了人家。小人她偷偷地看过，人很敦厚，也不难看，家道也殷实，她满意。已经下过小定，日子还没有定下来。她这二年，很少出房门，整天赶她的嫁妆。大裁大剪，她都会。挑花绣花，不如娘。可她又嫌娘出的样子太老了。她到城里看过新娘子，说人家现在绣的都是活花活草。这可把娘难住了。最后是喜鹊忽然一拍屁股：“我给你保举一个人！”

这人是谁？是明子。明子念“上孟下孟”的时候，不知怎么得了半套《芥子园》，他喜欢得很。到了荸荠庵，他还常翻出来看，有时还把旧账簿子翻过来，照着描。小英子说：

“他会画！画得跟活的一样！”

小英子把明海请到家里来，给他磨墨铺纸，小和尚画了几张，大英子喜欢得了不得：

“就是这样！就是这样！这就可以乱孱！”——所谓“乱孱”是绣花的一种针法：绣了第一层，第二层的针脚插进第一层的针缝，这样颜色就可由深到淡，不露痕迹，不像娘那一代绣的花是平针，深浅之间，界限分明，一道一道的。小英子就像个书童，又像个参谋：

“画一朵石榴花！”

“画一朵栀子花！”

她把花掐来，明海就照着画。

到后来，凤仙花、石竹子、水蓼、淡竹叶、天竺果子、蜡梅花，他都能画。

大娘看着也喜欢，搂住明海的和尚头：

“你真聪明！你给我当一个干儿子吧！”

小英子捺住他的肩膀，说：

“快叫！快叫！”

小明子跪在地上磕了一个头，从此就叫小英子的娘做干娘。

大英子绣的三双鞋，三十里方圆都传遍了。很多姑娘都走路坐船来看。看完了，就说：“啧啧啧，真好看！这哪是绣的，这是一朵鲜花！”她们就拿了纸来央大娘求了小和尚来画。有求画帐檐的，有求画门帘飘带的，有求画鞋头花的。每回明子来画花，小英子就给他做点好吃的，煮两个鸡蛋，蒸一碗芋头，煎几个藕团子。

因为照顾姐姐赶嫁妆，田里的零碎生活小英子就全包了。她的帮手，是明子。

这地方的忙活是栽秧、车高田水、薅头遍草、再就是割稻子、打场了。这几茬重活，自己一家是忙不过来的。这地方兴换工。排好了日期，几家顾一家，轮流转。不收工钱，但是吃好的。一天吃六顿，两头见肉，顿顿有酒。干活时，敲着锣鼓，唱着歌，热闹得很。其余的时候，各顾各，不显得紧张。

薅三遍草的时候，秧已经很高了，低下头看不见人。一听见非常脆亮的嗓子在一片浓绿里唱：

栀子哎开花哎六瓣头哎……

姐家哎门前哎一道桥哎……

明海就知道小英子在哪里，三步两步就赶到，赶到就低头薅起草来。傍晚牵牛“打汪”，是明子的事。——水牛怕蚊子。这里的习惯，牛卸了轭，饮了水，就牵到一口和好泥水的“汪”里，由它自己打滚扑腾，弄得全身都是泥浆，这样蚊子就咬不透了。低田上水，只要一挂十四轧的水车，两个人车半天就够了。明子和小英子就伏在车杠上，不紧不慢地踩着车轴上的拐子，轻轻地唱着明海向三师父学来的各处山歌。打场的时候，明子能替赵大伯一会，让他回家吃饭。——赵家自己没有场，每年都在荸荠庵外面的场上打谷子。他一扬鞭子，喊起了打场号子：

“格当嘚——”

这打场号子有音无字，可是九转十三弯，比什么山歌号子都好听。赵大娘在家，听见明子的号子，就侧起耳朵：

“这孩子这条嗓子！”

连大英子也停下针线：

“真好听！”

小英子非常骄傲地说：

“一十三省数第一!”

晚上，他们一起看场。——荸荠庵收来的租稻也晒在场上。他们并肩坐在一个石磙子上，听青蛙打鼓，听寒蛇唱歌——这个地方以为蝼蛄叫是蚯蚓叫，而且叫蚯蚓叫“寒蛇”，听纺纱婆子不停地纺纱，“吵——”，看萤火虫飞来飞去，看天上的流星。

“呀！我忘了在裤带上打一个结!”小英子说。

这里的人相信，在流星掉下来的时候在裤带上打一个结，心里想什么好事，就能如愿。

…………

“踩”荸荠，这是小英子最爱干的生活。秋天过去了，地净场光，荸荠的叶子枯了——荸荠笔直像小葱一样的圆叶子里是一格一格的，用手一捋，哔哔地响，小英子最爱捋着玩——荸荠藏在烂泥里。赤了脚，在凉浸浸滑溜溜的泥里踩着——哎，一个硬疙瘩！伸手下去，一个红紫红紫的荸荠。她自己爱干这生活，还拉了明子一起去。她老是故意用自己的光脚去踩明子的脚。

她挎着一篮子荸荠回去了，在柔软的田埂上留了一串脚印。明海看着她的脚印，傻了。五个小小的趾头，脚掌平平的，脚跟细细的，脚弓部分缺了一块。明海身上有一种从来没有过的感觉，他觉得心里痒痒的。这一串美丽的脚印把小和尚的心搞乱了。

…………

明子常搭赵家的船进城，给庵里买香烛，买油盐。闲时是赵大伯划船；忙时是小英子去，划船的是明子。

从庵赵庄到县城，当中要经过一片很大的芦花荡子。芦苇长得密密的，当中一条水路，四边不见人。划到这里，明子总是无端端地觉得心里很紧张，他就使劲地划桨。

小英子喊起来：

“明子！明子！你怎么啦？你发疯啦？为什么划得这么快？”

…………

明海到善因寺去受戒。

“你真的要去烧戒疤呀？”

“真的。”

“好好的头皮上烧十二个洞，那不疼死啦？”

“咬咬牙。舅舅说这是当和尚的一大关，总要过的。”

“不受戒不行吗？”

“不受戒的是野和尚。”

“受了戒有啥好处？”

“受了戒就可以到处云游，逢寺挂褡。”

“什么叫‘挂褡’？”

“就是在庙里住。有斋就吃。”

“不把钱？”

“不把钱。有法事，还得先尽外来的师父。”

“怪不得都说‘远来的和尚会念经’。就凭头上这几个戒疤？”

“还要有一份戒牒。”

“闹半天，受戒就是领一张和尚的合格文凭呀！”

“就是！”

“我划船送你去。”

“好。”

小英子早早就把船划到荸荠庵门前。不知是什么道理，她兴奋得很。她充满了好奇心，想去看看善因寺这座大庙，看看受戒是个啥样子。

善因寺是全县第一大庙，在东门外，面临一条水很深的护城河，三面都是大树，寺在树林子里，远处只能隐隐约约看到一点金碧辉煌的屋顶，不知道有多大。树上到处挂着“谨防恶犬”的牌子。这寺里的狗出名的厉害。平常不大有人进去。放戒期间，任人游看，恶狗都锁起来了。

好大一座庙！庙门的门槛比小英子的胳膝都高。迎门矗着两块大牌，一边一块，一块写着斗大两个大字“放戒”，一块是“禁止喧哗”。这庙里果然是气象庄严，到了这里谁也不敢大声咳嗽。明海自去报名办事，小英子就到处看看。好家伙，这哼哈二将、四大天王，有三丈多高，都是簇新的，才装修了不久。天井有二亩地大，铺着青石，种着苍松翠柏。“大雄宝殿”，这才真是个“大殿”！一进去，凉飕飕的。到处都是金光耀眼。释迦牟尼佛坐在一个莲花座上，单是莲座，就比小英子还高。抬起头来也看不全他的脸，只看到一个微微闭着的嘴唇和胖墩墩的下巴。两边的两根大红蜡烛，一搂多粗。佛像前的大供桌上供着鲜花、绒花、绢花，还有珊瑚树、玉如意、整颗的大象牙。香炉里烧着檀香。小英子出了庙，闻着自己的衣服都是香的。挂了好些幡。这些幡不知是什么缎子的，那么厚重，绣的花真细。这么大一口磬，里头能装五担水！这么大一个木鱼，有一头牛大，漆得通红的。她又去转了转罗汉堂，爬到千佛楼上看了看。真有一千个小佛！她还跟着一些人去看了看藏经楼。藏经楼没有什么看头，都是经书！妈吔！逛了这么一圈，腿都酸了。小英子想起还要给家里打油，替姐姐配丝线，给娘买鞋面布，给自己买两个坠围裙飘带的银蝴蝶，给爹买旱烟，就出庙了。

等把事情办齐，晌午了。她又到庙里看了看，和尚正在吃粥。好大一个“膳堂”，坐得下八百个和尚。吃粥也有这样多讲究：正面法座上摆着两个锡胆瓶，里面插着红绒花，后面盘膝坐着一个穿了大红满金绣袈裟的和尚，手里拿了戒尺。这戒尺是要打人的。哪个和尚吃粥吃出了声音，他下来就是一戒尺。不过他并不真的打人，只是做个样子。真稀奇，那么多的和尚吃粥，竟然不出一点声音！她看见明子也坐在里面，想跟他打个招呼又不好打。想了想，管他禁止不禁止喧哗，就大声喊了一句："我走啦！"她看见明子目不斜视地微微点了点头，就不管很多人都朝自己看，大摇大摆地走了。

第四天一大清早小英子就去看明子。她知道明子受戒是第三天半夜——烧戒疤是不许人看的。她知道要请老剃头师傅剃头，要剃得横摸顺摸都摸不出头发茬子，要不然一烧，就会"走"了戒，烧成了一片。她知道是用枣泥子先点在头皮上，然后用香头子点着。她知道烧了戒疤就喝一碗蘑菇汤，让它"发"，还不能躺下，要不停地走动，叫作"散戒"。这些都是明子告诉她的。明子是听舅舅说的。

她一看，和尚真在那里"散戒"，在城墙根底下的荒地里。一个一个，穿了新海青，光光的头皮上都有十二个黑点子。——这黑疤掉了，才会露出白白的、圆圆的"戒疤"。和尚都笑嘻嘻的，好像很高兴。她一眼就看见了明子。隔着一条护城河，就喊他：

"明子！"

"小英子！"

"你受了戒啦？"

"受了。"

"疼吗？"

"疼。"

"现在还疼吗？"

"现在疼过去了。"

"你哪天回去？"

"后天。"

"上午？下午？"

“下午。”

“我来接你！”

“好！”

…………

小英子把明海接上船。

小英子这天穿了一件细白夏布上衣，下边是黑洋纱的裤子，赤脚穿了一双龙须草的细草鞋，头上一边插着一朵栀子花，一边插着一朵石榴花。她看见明子穿了新海青，里面露出短褂子的白领子，就说：“把你那外面的一件脱了，你不热呀！”

他们一人一把桨。小英子在中舱，明子扳艄，在船尾。

她一路问了明子很多话，好像一年没有看见了。

她问，烧戒疤的时候，有人哭吗？喊吗？

明子说，没有人哭，只是不住地念佛。有个山东和尚骂人：

“俺日你奶奶！俺不烧了！”

她问善因寺的方丈石桥是相貌和声音都很出众吗？

“是的。”

“说他的方丈比小姐的绣房还讲究？”

“讲究。什么东西都是绣花的。”

“他屋里很香？”

“很香。他烧的是伽楠香，贵得很。”

“听说他会作诗，会画画，会写字？”

“会。庙里走廊两头的砖额上，都刻着他写的大字。”

“他是有个小老婆吗？”

“有一个。”

“才十九岁？”

“听说。”

“好看吗?”

“都说好看。”

“你没看见?”

“我怎么会看见？我关在庙里。”

明子告诉她，善因寺一个老和尚告诉他，寺里有意选他当沙弥尾，不过还没有定，要等主事的和尚商议。

“什么叫‘沙弥尾’?”

“放一堂戒，要选出一个沙弥头，一个沙弥尾。沙弥头要老成，要会念很多经。沙弥尾要年轻，聪明，相貌好。”

“当了沙弥尾跟别的和尚有什么不同?”

“沙弥头，沙弥尾，将来都能当方丈。现在的方丈退居了，就当。石桥原来就是沙弥尾。”

“你当沙弥尾吗?”

“还不一定哪。”

“你当方丈，管善因寺？管这么大一个庙?!”

“还早呐!”

划了一气，小英子说：“你不要当方丈!”

“好，不当。”

“你也不要当沙弥尾!”

“好，不当。”

又划了一气，看见那一片芦花荡子了。

小英子忽然把桨放下，走到船尾，趴在明子的耳朵旁边，小声地说：

“我给你当老婆，你要不要?”

明子眼睛鼓得大大的。

“你说话呀！”

明子说：“嗯。”

“什么叫‘嗯’呀！要不要，要不要？”

明子大声地说：“要！”

“你喊什么？”

明子小小声说：“要——！”

“快点划！”

英子跳到中舱，两支桨飞快地划起来，划进了芦花荡。

芦花才吐新穗。紫灰色的芦穗，发着银光，软软的，滑溜溜的，像一串丝线。有的地方结了蒲棒，通红的，像一支一支小蜡烛。青浮萍，紫浮萍。长脚蚊子，水蜘蛛。野菱角开着四瓣的小白花。惊起一只青桩（一种水鸟），擦着芦穗，扑噜噜噜飞远了。

…………

一九八〇年八月十二日，

写四十三年前的一个梦

作者信息

汪曾祺（1920—1997），江苏高邮人，作家。1939 年考入西南联大中国文学系，成为沈从文的学生。大学期间开始发表作品。毕业后，曾在昆明、上海教过几年中学，出版了小说集《邂逅集》。1949 年参加中国人民解放军四野南下工作团。1950 年后曾任《北京文艺》《说说唱唱》《民间文学》等刊编辑。1962 年调北京市京剧团任编剧，曾参与改编京剧《沙家浜》。1997 年病逝于北京。主要作品有小说集《羊舍的夜晚》《汪曾祺短篇小说选》《晚饭花集》，散文集《蒲桥集》，评论集《晚翠文谈》等。

品 鉴

从美学角度讲，汪曾祺的创作对中国当代文学性格和气质的改变起了很大的作用。

过去文学的浮躁性格，与毫无节制的情感宣泄多少有点关系。在这一方面，汪曾祺是开新的风气的，他希冀获得的美感是：秀美感和静美感。

《受戒》中的小英子一行印在田埂上的脚印都这样的美："五个小小的指头，脚掌平平的，脚跟细细的，脚弓部缺了一块。"……汪曾祺写了不少这样的感情恬淡的女性。她们性格柔顺，不做强烈的反抗，总是表现爱和欢乐，富于幻想，世界仿佛有了她们而变得纯净、透明。当她们不幸而又无力反抗时，这种秀美感在人心理上立即产生了一股怜爱之情。

这类作品是明净的。作者用"明净的世界观"，看出了"生活中的美和诗意"，呈现给读者的是一种似乎非世俗社会才有的静美。

曹文轩：《水洗的文字　读汪曾祺》

二

散文名篇

SANWEN MINGPIAN

中国现当代散文园地，可以说是万紫千红、异彩纷呈。许多不同性格和气质的作家，随着时代的变革、环境的变化，各自写出了不同题材、意趣和风格的作品。

现代散文发轫于“五四”前后的白话文运动。20世纪20年代，诞生了许多散文名家和名篇。如鲁迅的怀旧散文《朝花夕拾》、朱自清的写景抒情散文《荷塘月色》、冰心的抒情叙事散文《寄小读者》、郁达夫的自传性散文《奇零集》等。作家们都形成了各自的风格，如鲁迅深沉冷峻，朱自清朴素缜密，冰心清丽典雅，郁达夫率真奔放。

20世纪30年代，杂文队伍发展壮大，散文创作硕果累累。抗日战争时期，与抗战题材有关的报告文学蓬勃发展。50年代至70年代中期，散文的审美规范为单纯、集中、鲜明、和谐。

20世纪70年代后期以来，人们思想的解放带来了散文的解放，“真情”逐步成为人们共同认可的散文观念。随着改革开放的迅速发展，新时期的散文体现了个性充分张扬和文体多元化的特点。

文学小言

王国维

◎ 题解

《文学小言》成稿于 1905 年，以其特有的形式、精辟的论述，给当时的文坛带来了一股清风，也为今人留下了值得继承的精神财富。文中阐述了文学上二原质的思想、境界的内涵，揭示了文章写作的主张，谈及了写作者应具有怎样的修养和治学态度。虽然其中不乏糟粕，但并不影响我们从中汲取有益的养分。

一

昔司马迁推本汉武时学术之盛，以为利禄之途使然。余谓一切学问皆能以利禄劝，独哲学与文学不然。何则？科学之事业，皆直接间接以厚生利用为旨，古未有与政治及社会上之兴味相刺谬者也。至一新世界观与新人生观出，则往往与政治及社会上之兴味不能相容。若哲学家而以政治及社会之兴味为兴味，而不顾真理之如何，则又决非真正之哲学。以欧洲中世哲学之以辩护宗教为务者，所以蒙极大之污辱，而叔本华所以痛斥德意志大学之哲学者也。文学亦然；餔餟的文学，决非真正之文学也。

二

文学者，游戏的事业也。人之势力用于生存竞争而有余，于是发而为游戏。婉娈之儿，有父母以衣食之，以卵翼之，无所谓争存之事也。其势力无所发泄，于是作种种之游戏。逮争存之事亟，而游戏之道息矣。唯精神上之势力独优，而又不必以生事为急者，然后终身得保其游戏之性质。而成人以后，又不能以小儿之游戏为满足，于是对其自己之感情及所观察之事物而摹写之，咏叹之，以发泄所储蓄之势力。故民族文化之发达，非达一定之程度，则不能有文学；而个人之汲汲于争存者，决无文学家之资格也。

三

人亦有言，名者利之宾也。故文绣的文学之不足为真文学也，与铺馁的文学同。古代文学之所以有不朽之价值者，岂不以无名之见者存乎？至文学之名起，于是有因之以为名者，而真正文学乃复托于不重于世之文体以自见。逮此体流行之后，则又为虚玄矣。故模仿之文学，是文绣的文学与铺馁的文学之记号也。

四

文学中有二原质焉：曰景，曰情。前者以描写自然及人生之事实为主，后者则吾人对此种事实之精神的态度也。故前者客观的，后者主观的也；前者知识的，后者感情的也。自一方面言之，则必吾人之胸中洞然无物，而后其观物也深，而其体物也切；即客观的知识，实与主观的感情为反比例。自他方面言之，则激烈之感情，亦得为直观之对象、文学之材料；而观物与其描写之也，亦有无限之快乐伴之。要之，文学者，不外知识与感情交代之结果而已。苟无锐敏之知识与深邃之感情者，不足与于文学之事。此其所以但为天才游戏之事业，而不能以他道劝者也。

五

古今之成大事业大学问者，不可不历三种之阶级："昨夜西风凋碧树，独上高楼，望尽天涯路。"（晏同叔《蝶恋花》）此第一阶级也。"衣带渐宽终不悔，为伊消得人憔悴。"（欧阳永叔《蝶恋花》，按：此处误，应为柳永《凤栖梧》）此第二阶级也。"众里寻他千百度，蓦然回首，那人却在灯火阑珊处。"（辛幼安《青玉案》）此第三阶级也。未有不阅第一第二阶级，而能遽跻第三阶级者。文学亦然。此有文学上之天才者，所以又需莫大之修养也。

六

三代以下之诗人，无过于屈子、渊明、子美、子瞻者。此四子者苟无文学之天才，其人格亦自足千古。故无高尚伟大之人格，而有高尚伟大之文学者，殆未之有也。

七

天才者，或数十年而一出，或数百年而一出，而又须济之以学问，帅之以德性，始能产真正之大文学。此屈子、渊明、子美、子瞻等所以旷世而不一遇也。

八

“燕燕于飞，差池其羽。”“燕燕于飞，颉之颃之。”“睍睆黄鸟，载好其音。”“昔我往矣，杨柳依依。”诗人体物之妙，侔于造化，然皆出于离人孽子征夫之口，故知感情真者，其观物亦真。

九

“驾彼四牡，四牡项领。我瞻四方，蹙蹙靡所骋。”以《离骚》《远游》数千言言之而不足者，独以十七字尽之，岂不诡哉！然以讥屈子之文胜，则亦非知言者也。

十

屈子感自己之感，言自己之言者也。宋玉、景差感屈子之所感，而言其所言；然亲见屈子之境遇，与屈子之人格，故其所言，亦殆与言自己之言无异。贾谊、刘向其遇略与屈子同，而才则逊矣。王叔师以下，但袭其貌而无真情以济之。此后人之所以不复为楚人之词者也。

十一

屈子之后，文学上之雄者，渊明其尤也。韦、柳之视渊明，其如贾、刘之视屈子乎！彼感他人之所感，而言他人之所言，宜其不如李、杜也。

十二

宋以后之能感自己之感，言自己之言者，其唯东坡乎！山谷可谓能言其言矣，未可谓能感所感也。遗山以下亦然。若国朝之新城，岂徒言一人之言已哉？所谓“莺偷百鸟声”者也。

十三

诗至唐中叶以后，殆为羔雁之具矣。故五季、北宋之诗，（除一二大家外）无可观者，而词则独为其全盛时代。其诗词兼擅如永叔、少游者，皆诗不如词远甚。以其写之于诗者，不若写之于词者之真也。至南宋以后，词亦为羔雁之具，而词亦替矣（除稼轩一人外）。观此足以知文学盛衰之故矣。

十四

上之所论，皆就抒情的文学言之（《离骚》、诗词皆是）。至叙事的文学（谓叙事诗、史诗、戏曲等，非谓散文也），则我国尚在幼雅之时代。元人杂剧，辞则美矣，然不知描写人格为何事。至国朝之《桃花扇》，则有人格矣，然他戏曲则殊不称是。要之，不过稍有系统之词，而并失词之性质者也。以东方古文学之国，而最高之文学无一足以与西欧匹者，此则后此文学家之责矣。

十五

抒情之诗，不待专门之诗人而后能之也。若夫叙事，则其所需之时日长，而其所取之材料富，非天才而又有暇日者不能。此诗家之数之所以不可更仆数，而叙事文学家殆不能及百分之一也。

十六

《三国演义》无纯文学之资格，然其叙关壮缪之释曹操，则非大文学家不办。《水浒传》之写鲁智深，《桃花扇》之写柳敬亭、苏昆生，彼其所为，固毫无意义。然以其不顾一己之利害，故犹使吾人生无限之兴味，发无限之尊敬，况于观壮缪之矫矫者乎？若此者，岂真如汗德所云，实践理性为宇宙人生之根本欤？抑与现在利己之世界相比较，而益使吾人兴无涯之感也？则选择戏曲小说之题目者，亦可以知所去取矣。

十七

吾人谓戏曲小说家为专门之诗人，非谓其以文学为职业也。以文学为职业，餔餟的文学也。职业的文学家，以文学为生活；专门之文学家，为文学而生活。今餔餟的文学之途，盖已开矣。吾宁闻征夫思妇之声，而不屑使此等文学嚣然污吾耳也。

作者信息

王国维（1877—1927），字静安，一字伯隅，号观堂，浙江海宁人。国学大师，甲骨学和敦煌学的创始人之一。年轻时留学日本，晚年应聘为清华国学研究院教授，1927 年自沉于颐和园昆明湖。他在哲学、心理学、教育学、文学、戏曲、美学、史学、古文学等领域均有成就和创新。著有《观堂集林》《人间词话》等。

品鉴

正如一位研究者所言，王国维在中国美学史上的地位有似于康德。古典美学流入这里，近现代美学又从这里流出。其美学思想成为中国美学史由古典向近现代转化过程中的一个不可缺少的逻辑环节。王国维美学的成熟表达，充分实现了他所接受的康德一席勒美学与他的传统中国艺术经验的结合，是由他在 1908 年至 1909 年间撰写的《人间词话》来完成的。《人间词话》最突出的特点是把“境界”（意境）明确作为艺术作品的本体特性。“境界”（意境）作为一个诗学概念，远在唐代就开始流行，然而，是王国维在《人间词话》中系统明确地赋予了它美学内涵，并使之成为 20 世纪中国美学的一个核心概念。

《人间词话》的理论框架和思想核心是在《文学小言》中得到确立的。作者用清晰精练的语言对文学的本质、情与景、文学与人生、叙事与抒情等问题进行了阐述，强调情与景的统一。由于王国维既具有深厚的国学功底，又对西方哲学做过深入细致的研究，因此，他在意境概念中实际上已经注入了一种不同于传统的新的文艺思想，那就是蕴含着矛盾冲突的以“真实”为标准、以“自然”为理想的新的审美观。《文学小言》虽然只有短短十七则，却历来是学者公认的了解王国维文艺美学思想的最基本著作。

秋夜

鲁 迅

◎ 题 解

《秋夜》写于1924年9月的北京。当时，在帝国主义和北洋军阀相互勾结实行统治的情况下，中国北方的民主革命处于低潮。同时，“五四”退潮后新文化战线发生了分裂，思想界起了巨大分化。面对残酷的现实，鲁迅的内心是矛盾、痛苦、压抑的，但他仍顽强地同敌人进行英勇的斗争。《秋夜》正是鲁迅与旧社会抗争到底的誓言。

在我的后园，可以看见墙外有两株树，一株是枣树，还有一株也是枣树。

这上面的夜的天空，奇怪而高，我生平没有见过这样的奇怪而高的天空。他仿佛要离开人间而去，使人们仰面不再看见。然而现在却非常之蓝，闪闪地睒着几十个星星的眼，冷眼。他的口角上现出微笑，似乎自以为大有深意，而将繁霜洒在我的园里的野花草上。

我不知道那些花草真叫什么名字，人们叫他们什么名字。我记得有一种开过极细小的粉红花，现在还开着，但是更极细小了，她在冷的夜气中，瑟缩地做梦，梦见春的到来，梦见秋的到来，梦见瘦的诗人将眼泪擦在她最末的花瓣上，告诉她秋虽然来，冬虽然来，而此后接着还是春，蝴蝶乱飞，蜜蜂都唱起春词来了。她于是一笑，虽然颜色冻得红惨惨的，仍然瑟缩着。

枣树，他们简直落尽了叶子。先前，还有一两个孩子来打他们别人打剩的枣子，现在是一个也不剩了，连叶子也落尽了。他知道小粉红花的梦，秋后要有春；他也知道落叶的梦，春后还是秋。他简直落尽叶子，单剩干子，然而脱了当初满树是果实和叶子时候的弧形，欠伸得很舒服。但是，有几枝还低压着，护定他从打枣的竿梢所得的皮伤，而最直最长的几枝，却已默默地铁似的直刺着奇怪而高的天空，使天空闪闪地鬼䀹眼；直刺着天空中圆满的月亮，使月亮窘得发白。

鬼䀹眼的天空越加非常之蓝，不安了，仿佛想离去人间，避开枣树，只将月亮剩下。然而月亮也暗暗地躲到东边去了。而一无所有的干子，却仍然默默地铁似的直刺着奇怪而高的天空，一意要制他的死命，不管他各式各样地䀹着许多蛊惑的眼睛。

哇的一声，夜游的恶鸟飞过了。

我忽而听到夜半的笑声，吃吃地，似乎不愿意惊动睡着的人，然而四围的空气都应和着笑。夜半，没有别的人，我即刻听出这声音就在我嘴里，我也即刻被这笑声所驱逐，回进自己的房。灯火的带子也即刻被我旋高了。

后窗的玻璃上丁丁地响，还有许多小飞虫乱撞。不多久，几个进来了，许是从窗纸的破孔进来的。他们一进来，又在玻璃的灯罩上撞得丁丁地响。一个从上面撞进去了，他于是遇到火，而且我以为这火是真的。两三个却休息在灯的纸罩上喘气。那罩是昨晚新换的罩，雪白的纸，折出波浪纹的叠痕，一角还画出一枝猩红色的栀子。

猩红的栀子开花时，枣树又要做小粉红花的梦，青葱地弯成弧形了……我又听到夜半的笑声；我赶紧砍断我的心绪，看那老在白纸罩上的小青虫，头大尾小，向日葵子似的，只有半粒小麦那么大，遍身的颜色苍翠得可爱，可怜。

我打一个呵欠，点起一支纸烟，喷出烟来，对着灯默默地敬奠这些苍翠精致的英雄们。

一九二四年九月十五日

品 鉴

《秋夜》是一篇寓意深邃的散文，在写法上富有浪漫主义色彩。作者通过虚实结合的艺术手法，将现实幻想化。文章前半部分写室外景物，用象征手法揭露反动派的黑暗统治和丑恶的社会现实，塑造了被残害的小粉红花和倔强的枣树的形象，表达了不畏强暴的反抗精神。文章后半部分写室内景物，用隐喻手法赞颂了追求光明的小青虫，表达了与恶势力作韧性战斗的意志。

魏晋风度及文章与药及酒之关系

——九月间在广州夏期学术演讲会讲

鲁　迅

◉ 题　解

鲁迅在他人生后期思想最成熟的岁月里，把主要的精力放在杂文创作中，每一本杂文集几乎都是一场论战的结果。《而已集》所反映的就是大革命失败后他对于国民党统治的抨击。《魏晋风度及文章与药及酒之关系》就是其中著名的一篇。

我今天所讲的，就是黑板上写着的这样一个题目。

中国文学史，研究起来，可真不容易，研究古的，恨材料太少，研究今的，材料又太多，所以到现在，中国较完全的文学史尚未出现。今天讲的题目是文学史上的一部分，也是材料太少，研究起来很有困难的地方。因为我们想研究某一时代的文学，至少要知道作者的环境、经历和著作。

汉末魏初这个时代是很重要的时代，在文学方面起一个重大的变化，因当时正在黄巾和董卓大乱之后，而且又是党锢的纠纷之后，这时曹操出来了。——不过我们讲到曹操，很容易就联想起《三国志演义》，更而想起戏台上那一位花面的奸臣，但这不是观察曹操的真正方法。现在我们再看历史，在历史上的记载和论断有时也是极靠不住的，不能相信的地方很多，因为通常我们晓得，某朝的年代长一点，其中必定好人多；某朝的年代短一点，其中差不多没有好人。为什么呢？因为年代长了，做史的是本朝人，当然恭维本朝的人物，年代短了，做史的是别朝人，便很自由地贬斥异朝的人物，所以在秦朝，差不多在史的记载上半个好人也没有。曹操在史上年代也是颇短的，自然也逃不了被后一朝人说坏话的公例。其实，曹操是一个很有本事的人，至少是一个英雄，我虽不是曹操一党，但无论如何，总是非常佩服他。

研究那时的文学，现在较为容易了，因为已经有人做过工作：在文集一方面有清严可均辑的《全上古三代秦汉三国晋南北朝文》。其中于此有用的，是《全汉文》《全三国文》《全晋文》。

在诗一方面有丁福保辑的《全汉三国晋南北朝诗》。——丁福保是做医生的，现在还在。

辑录关于这时代的文学评论有刘师培编的《中国中古文学史》。这本书是北大的讲义，刘先生已死，此书由北大出版。

上面三种书对于我们的研究有很大的帮助。能使我们看出这时代的文学的确有点异彩。

我今天所讲，倘若刘先生的书里已详的，我就略一点；反之，刘先生所略的，我就较详一点。

董卓之后，曹操专权。在他的统治之下，第一个特色便是尚刑名。他的立法是很严的，因为当大乱之后，大家都想做皇帝，大家都想叛乱，故曹操不能不如此。曹操曾自己说过："倘无我，不知有多少人称王称帝！"这句话他倒并没有说谎。因此之故，影响到文章方面，成了清峻的风格。——就是文章要简约严明的意思。

此外还有一个特点，就是尚通脱。他为什么要尚通脱呢？自然也与当时的风气有莫大的关系。因为在党锢之祸以前，凡党中人都自命清流，不过讲"清"讲得太过，便成固执，所以在汉末，清流的举动有时便非常可笑了。

比方有一个有名的人，普通的人去拜访他，先要说几句话，倘这几句话说得不对，往往会遭倨傲的待遇，叫他坐到屋外去，甚而至于拒绝不见。

又如有一个人，他和他的姊夫是不对的，有一回他到姊姊那里去吃饭之后，便要将饭钱算回给姊姊。她不肯要，他就于出门之后，把那些钱扔在街上，算是付过了。

个人这样闹闹脾气还不要紧，若治国平天下也这样闹起执拗的脾气来，那还成什么话？所以深知此弊的曹操要起来反对这种习气，力倡通脱。通脱即随便之意。此种提倡影响到文坛，便产生大量想说什么便说什么的文章。

更因思想通脱之后，废除固执，遂能充分容纳异端和外来的思想，故孔教以外的思想源源引入。

总括起来，我们可以说汉末魏初的文章是清峻、通脱。在曹操本身，也是一个改造文章的祖师，可惜他的文章传的很少。他胆子很大，文章从通脱得力不少，做文章时又没有顾忌，想写的便写出来。

所以曹操征求人才时也是这样说，不忠不孝不要紧，只要有才便可以。这又是别人所不敢说的。曹操作诗，竟说是“郑康成行酒伏地气绝”，他引出离当时不久的事实，这也是别人所不敢用的。还有一样，比方人死时，常常写点遗令，这是名人的一件极时髦的事。当时的遗令本有一定的格式，且多言身后当葬于何处何处，或葬于某某名人的墓旁；操独不然，他的遗令不但没有依着格式，内容竟讲到遗下的衣服和伎女怎样处置等问题。

陆机虽然评曰“贻尘谤于后王”，然而我想他无论如何是一个精明人，他自己能做文章，又有手段，把天下的方士文士统统搜罗起来，省得他们跑在外面给他捣乱。所以他帷幄里面，方士文士就特别的多。

孝文帝曹丕，以长子而承父业，篡汉而即帝位。他也是喜欢文章的。其弟曹植，还有明帝曹叡，都是喜欢文章的。不过到那个时候，于通脱之外，更加上华丽。丕著有《典论》，现已失散无全本，那里面说“诗赋欲丽”“文以气为主”。《典论》的零零碎碎，在唐宋类书中；一篇整的《论文》，在《文选》中可以看见。

后来有一班人很不以他的见解为然。他说诗赋不必寓教训，反对当时那些寓训勉于诗赋的见解，用近代的文学眼光看来，曹丕的一个时代可说是“文学的自觉时代”，或如近代所说是为艺术而艺术（Art for Art's Sake）的一派。所以曹丕作的诗赋很好，更因他以“气”为主，故于华丽以外，加上壮大。归纳起来，汉末魏初的文章，可说是：“清峻、通脱、华丽、壮大。”在文学的意见上，曹丕和曹植表面上似乎是不同的。曹丕说文章事可以留名声于千载；但子建却说文章小道，不足论的。据我的意见，子建大概是违心之论。这里有两个原因，第一，子建的文章作得好，一个人大概总是不满意自己所作而羡慕他人所为的，他的文章已经作得好，于是他便敢说文章是小道；第二，子建活动的目标在于政治方面，政治方面不甚得志，遂说文章是无用了。

曹操、曹丕以外，还有下面的七个人：孔融、陈琳、王粲、徐幹、阮瑀、应玚、刘桢，都很能作文章，后来称为“建安七子”。七人的文章很少流传，现在我们很难判断；但，大概都不外是“慷慨”“华丽”吧。华丽即曹丕所主张，慷慨就因当天下大乱之际，亲戚朋友死于乱者特多，于是为文就不免带着悲凉、激昂和“慷慨”了。

七子之中，特别的是孔融，他专喜和曹操捣乱。曹丕《典论》里有论孔融的，因此他也被拉进“建安七子”一块儿去。其实不对，很两样的。不过在当时，他的名声可非常之大。孔融作文，喜用讥嘲的笔调，曹丕很不满意他。孔融的文章现在传的也很少，就他所有的看起来，我们可以瞧出他并不大对别人讥讽，只对曹操。比方操破袁氏兄弟，曹丕把袁熙的妻甄氏拿来，归了自己，孔融就写信给曹操，说当初武王伐纣，将妲己给了周公了。操问他的出典，他说，以今例古，大概那时也是这样的。又比方曹操要禁酒，说酒可以亡国，非禁不可，孔融又反对他，说也有以女人亡国的，何以不禁婚姻？

其实曹操也是喝酒的。我们看他的“何以解忧？惟有杜康”的诗句，就可以知道。为什么他的行为会和议论矛盾呢？此无他，因曹操是个办事人，所以不得不这样做；孔融是旁观的人，所以容易说些自由话。曹操见他屡屡反对自己，后来借故把他杀了。他杀孔融的罪状大概是不孝。因为孔融有下列的两个主张：

第一，孔融主张母亲和儿子的关系是如瓶之盛物一样，只要在瓶内把东西倒了出来，母亲和儿子的关系便算完了。第二，假使有天下饥荒的一个时候，有点食物，给父亲不给呢？孔融的答案是：倘若父亲是不好的，宁可给别人。——曹操想杀他，便不惜以这种主张为他不忠不孝的根据，把他杀了。倘若曹操在世，我们可以问他，当初求才时就说不忠不孝也不要紧，为何又以不孝之名杀人呢？然而事实上纵使曹操再生，也没人敢问他，我们倘若去问他，恐怕他把我们也杀了！

与孔融一同反对曹操的尚有一个祢衡，后来给黄祖杀掉的。祢衡的文章也不错，而且他和孔融早是“以气为主”来写文章的了。故在此我们又可知道，汉文慢慢壮大起来，是时代使然，非专靠曹操父子之功的。但华丽好看，却是曹丕提倡的功劳。

这样下去一直到明帝的时候，文章上起了个重大的变化，因为出了一个何晏。

何晏的名声很大，位置也很高，他喜欢研究《老子》和《易经》。至于他是怎样的一个人呢？那真相现在可很难知道，很难调查。因为他是曹氏一派的人，司马氏很讨厌他，所以他们的记载对何晏大不满。因此产生许多传说，有人说何晏的脸上是搽粉的，又有人说他本来生得白，不是搽粉的。但究竟何晏搽粉不搽粉呢？我也不知道。

但何晏有两件事我们是知道的。第一，他喜欢空谈，是空谈的祖师；第二，他喜欢吃药，是吃药的祖师。

此外，他也喜欢谈名理。他身子不好，因此不能不服药。他吃的不是寻常的药，是一种名叫“五石散”的药。

“五石散”是一种毒药，是何晏吃开头的。汉时，大家还不敢吃，何晏或者将药方略加改变，便吃开头了。五石散的基本，大概是五样药：石钟乳、石硫黄、白石英、紫石英、赤石脂；另外怕还配点别样的药。但现在也不必细细研究它，我想各位都是不想吃它的。

从书上看起来，这种药是很好的，人吃了能转弱为强。因此之故，何晏有钱，他吃起来了；大家也跟着吃。那时五石散的流毒就同清末的鸦片的流毒差不多，看吃药与否以分阔气与否的。现在由隋巢元方做的《诸病源候论》的里面可以看到一些。据此书，可知吃这药是非常麻烦的，穷人不能吃，假使吃了之后，一不小心，就会毒死。先吃下去的时候，倒不怎样的，后来药的效验既显，名曰“散发”。倘若没有“散发”，就有弊而无利。因此吃了之后不能休息，非走路不可，因走路才能“散发”，所以走路名曰“行散”。比方我们看六朝人的诗，有云“至城东行散”，就是此意。后来做诗的人不知其故，以为“行散”即步行之意，所以不服药也以“行散”二字入诗，这是很笑话的。

走了之后，全身发烧，发烧之后又发冷。普通发冷宜多穿衣，吃热的东西。但吃药后的发冷刚刚要相反：衣少，冷食，以冷水浇身。倘穿衣多而食热物，那就非死不可。因此五石散一名寒食散。只有一样不必冷吃的，就是酒。

吃了散之后，衣服要脱掉，用冷水浇身；吃冷东西；饮热酒。这样看起来，五石散吃的人多，穿厚衣的人就少；比方在广东提倡，一年以后，穿西装的人就没有了。因为皮肉发烧之故，不能穿窄衣。为预防皮肤被衣服擦伤，就非穿宽大的衣服不可。现在有许多人以为晋人轻裘缓带、宽衣，在当时是人们高逸的表现，其实不知他们是吃药的缘故。一班名人都吃药，穿的衣都宽大，于是不吃药的也跟着名人，把衣服宽大起来了！

还有，吃药之后，因皮肤易于磨破，穿鞋也不方便，故不穿鞋袜而穿屐。所以我们看晋人的画像或那时的文章，见他衣服宽大，不鞋而屐，以为他一定是很舒服，很飘逸的了，其实他心里都是很苦的。

更因皮肤易破，不能穿新的而宜于穿旧的，衣服便不能常洗。因不洗，便多虱。所以在文章上，虱子的地位很高，“扪虱而谈”，当时竟传为美事。比方我今天在这里演讲的时候，扪起虱来，那是不大好的。但在那时不要紧，因为习惯不同之故。这正如清朝是提倡抽大烟的，我们看见两肩高耸的人，不觉得奇怪。现在就不行了，倘若多数学生，他的肩成为一字样，我们就觉得很奇怪了。

此外可见服散的情形及其他种种的书，还有葛洪的《抱朴子》。

到东晋以后，作假的人就很多，在街旁睡倒，说是“散发”以示阔气。就像清时尊读书，就有人以墨涂唇，表示他是刚才写了许多字的样子。故我想，衣大、穿屐、散发等，后来效之，不吃也学起来，与理论的提倡实在是无关的。

又因“散发”之时，不能肚饿，所以吃冷物，而且要赶快吃，不论时候，一日数次也不可定。因此影响到晋时“居丧无礼”。——本来魏晋时，对于父母之礼是很繁多的。比方想去访一个人，那么，在未访之前，必先打听他父母及其祖父母的名字，以便避讳。否则，嘴上一说出这个字音，假如他的父母是死了的，主人便会大哭起来——他记得父母了——给你一个大大的没趣。晋礼居丧之时，也要瘦，不多吃饭，不准喝酒。但在吃药之后，为生命计，不能管得许多，只好大嚼，所以就变成“居丧无礼”了。

居丧之际，饮酒食肉，由阔人名流倡之，万民皆从之，因为这个缘故，社会上遂尊称这样的人叫作“名士派”。

吃散发源于何晏，和他同志的，有王弼和夏侯玄两个人，与晏同为服药的祖师。有他三人提倡，有多人跟着走。他们三人多是会作文章，除了夏侯玄的作品流传不多外，王何二人现在我们尚能看到他们的文章。他们都是生于正始的，所以又名曰“正始名士”。但这种习惯的末流，是只会吃药，或竟假装吃药，而不会作文章。

东晋以后，不做文章而流为清谈，由《世说新语》一书里可以看到。此中空论多而文章少，比较他们三个差得远了。三人中王弼二十余岁便死了，夏侯何二人皆为司马懿所杀。因为他二人同曹操有关系，非死不可，犹曹操之杀孔融，也是借不孝做罪名的。

二人死后，论者多因其与魏有关而骂他，其实何晏值得骂的就是因为他是吃药的发起人。这种服散的风气，魏、晋，直到隋、唐，还存在着，因为唐时还有“解散方”，即解五石散的药方，可以证明还有人吃，不过少点罢了。唐以后就没有人吃，其原因尚未详，大概因其弊多利少，和鸦片一样吧？

晋名人皇甫谧作一书曰《高士传》，我们以为他很高超。但他是服散的，曾有一篇文章，自说吃散之苦。因为药性一发，稍不留心，即会丧命，至少也会受非常的苦痛，或要发狂；本来聪明的人，因此也会变成痴呆。所以非深知药性，会解救，而且家里的人多深知药性不可。晋朝人多是脾气很坏、高傲、发狂、性暴如火的，大约便是服药的缘故。比方有苍蝇扰他，竟至拔剑追赶；就是说话，也要糊糊涂涂的才好，有时简直是近于发疯。但在晋朝更有以痴为好的，这大概也是服药的缘故。

魏末，何晏他们以外，又有一个团体新起，叫作“竹林名士”，也是七个，所以又称“竹林七贤”。正始名士服药，竹林名士饮酒。竹林的代表是嵇康和阮籍。但究竟竹林名士不纯粹是喝酒的，嵇康也兼服药，而阮籍则是专喝酒的代表。但嵇康也饮酒，刘伶也是这里面的一个。他们七人中差不多都是反抗旧礼教的。

这七人中，脾气各有不同。嵇阮二人的脾气都很大；阮籍老年时改得很好，嵇康就始终都是极坏的。

阮年轻时，对于访他的人有加以青眼和白眼的分别。白眼大概是全然看不见眸子的，恐怕要练习很久才能够。青眼我会装，白眼我却装不好。

后来阮籍竟做到“口不臧否人物”的地步，嵇康却全不改变。结果阮得终其天年，而嵇竟丧于司马氏之手，与孔融、何晏等一样，遭了不幸的杀害。这大概是因为吃药和吃酒之分的缘故：吃药可以成仙，仙是可以骄视俗人的；饮酒不会成仙，所以敷衍了事。

他们的态度，大抵是饮酒时衣服不穿，帽也不戴。若在平时，有这种状态，我们就说无礼，但他们就不同。居丧时不一定按例哭泣；子之于父，是不能提父的名，但在竹林名士一流人中，子都会叫父的名号。旧传下来的礼教，竹林名士是不承认的。即如刘伶——他曾作过一篇《酒德颂》，谁都知道——他是不承认世界上从前规定的道理的，曾经有这样的事，有一次有客见他，他不穿衣服。人责问他；他答人说，天地是我的房屋，房屋就是我的衣服，你们为什么进我的裤子中来？至于阮籍，就更甚了，他连上下古今也不承认，在《大人先生传》里有说：“天地解兮六合开，星辰陨兮日月颓，我腾而上将何怀？”他的意思是天地神仙，都是无意义，一切都不要，所以他觉得世上的道理不必争，神仙也不足信，既然一切都是虚无，所以他便沉湎于酒了。然而他还有一个原因，就是他的饮酒不独由于他的思想，大半倒在环境。其时司马氏已想篡位，而阮籍名声很大，所以他讲话就极难，只好多饮酒，少讲话，而且即使讲话讲错了，也可以借醉得到人的原谅。只要看有一次司马懿求和阮籍结亲，而阮籍一醉就是两个月，没有提出的机会，就可以知道了。

阮籍作文章和诗都很好，他的诗文虽然也慷慨激昂，但许多意思都是隐而不显的。宋的颜延之已经说不大能懂，我们现在自然更很难看得懂他的诗了。他诗里也说神仙，但他其实是不相信的。嵇康的论文，比阮籍更好，思想新颖，往往与古时旧说反对。孔子说："学而时习之，不亦说乎?"嵇康作的《难自然好学论》，却道，人是并不好学的，假如一个人可以不做事而又有饭吃，就随便闲游不喜欢读书了，所以现在人之好学，是由于习惯和不得已。还有管叔蔡叔，是疑心周公，率殷民叛，因而被诛，一向被公认为坏人的。而嵇康作的《管蔡论》，就也反对历代传下来的意思，说这两个人是忠臣，他们怀疑周公，是因为地方相距太远，消息不灵通。

但最引起许多人的注意，而且于生命有危险的，是《与山巨源绝交书》中的"非汤武而薄周孔"。司马懿因这篇文章，就将嵇康杀了。非薄了汤武周孔，在现时代是不要紧的，但在当时却关系非小。汤武是以武定天下的；周公是辅成王的；孔子是祖述尧舜，而尧舜是禅让天下的。嵇康都说不好，那么，教司马懿篡位的时候，怎么办才是好呢？没有办法。在这一点上，嵇康于司马氏的办事上有了直接的影响，因此就非死不可了。嵇康的见杀，是因为他的朋友吕安不孝，连及嵇康，罪案和曹操的杀孔融差不多。魏晋，是以孝治天下的，不孝，故不能不杀。为什么要以孝治天下呢？因为天位从禅让，即巧取豪夺而来，若主张以忠治天下，他们的立脚点便不稳，办事便棘手，立论也难了，所以一定要以孝治天下。但倘只是实行不孝，其实那时倒不很要紧的，嵇康的害处是在发议论；阮籍不同，不大说关于伦理上的话，所以结局也不同。

但魏晋也不全是这样的情形，宽袍大袖，大家饮酒。反对的也很多。在文章上我们还可以看见裴頠的《崇有论》、孙盛的《老子非大贤论》，这些都是反对王何们的。在史实上，则何曾劝司马懿杀阮籍有好几回，司马懿不听他的话，这是因为阮籍的饮酒，与时局的关系少些的缘故。

然而后人就将嵇康、阮籍骂起来，人云亦云，一直到现在，一千六百多年。季札说：“中国之君子，明于礼义而陋于知人心。”这是确的，大凡明于礼义，就一定要陋于知人心的，所以古代有许多人受了很大的冤枉。例如嵇、阮的罪名，一向说他们毁坏礼教。但据我个人的意见，这判断是错的。魏晋时代，崇奉礼教的看来似乎很不错，而实在是毁坏礼教，不信礼教的。表面上毁坏礼教者，实则倒是承认礼教，太相信礼教。因为魏晋时所谓崇奉礼教，是用以自利，那崇奉也不过偶然崇奉，如曹操杀孔融，司马懿杀嵇康，都是因为他们和不孝有关，但实在曹操、司马懿何尝是著名的孝子，不过将这个名义，加罪于反对自己的人罢了。于是老实人以为如此利用，亵渎了礼教，不平之极，无计可施，激而变成不谈礼教，不信礼教，甚至于反对礼教。——但其实不过是态度，至于他们的本心，恐怕倒是相信礼教，当作宝贝，比曹操、司马懿们要迂执得多。现在说一个容易明白的比喻吧，譬如有一个军阀，在北方——在广东的人所谓北方和我常说的北方的界限有些不同，我常称山东、山西、直隶、河南之类为北方——那军阀从前是压迫国民党的，后来北伐军势力一大，他便挂起了青天白日旗，说自己已经信仰三民主义了，是总理的信徒。这样还不够，他还要做总理的纪念周。这时候，真的三民主义的信徒，去呢，不去呢？不去，他那里就可以说你反对三民主义，定罪，杀人。但既然在他的势力之下，没有别法，真的总理的信徒，倒会不谈三民主义，或者听人假惺惺地谈起来就皱眉，好像反对三民主义模样。所以我想，魏晋时所谓反对礼教的人，有许多大约也如此。他们倒是迂夫子，将礼教当作宝贝看待的。

还有一个实证，凡人们的言论、思想、行为，倘若自己以为不错的，就愿意天下的别人，自己的朋友都这样做。但嵇康、阮籍不这样，不愿意别人来模仿他。竹林七贤中有阮咸，是阮籍的侄子，一样地饮酒。阮籍的儿子阮浑也愿加入时，阮籍却道不必加入，吾家已有阿咸在，够了。假若阮籍自以为行为是对的，就不当拒绝他的儿子，而阮籍却拒绝自己的儿子，可知阮籍并不以他自己的办法为然。至于嵇康，一看他的《绝交书》，就知道他的态度很骄傲的；有一次，他在家打铁——他的性情是很喜欢打铁的——钟会来看他了，他只打铁，不理钟会。钟会没有意味，只得走了。其时嵇康就问他："何所闻而来，何所见而去？"钟会答道："闻所闻而来，见所见而去。"这也是嵇康杀身的一条祸根。但我看他作给他的儿子看的《家诫》——当嵇康被杀时，其子方十岁，算来当他作这篇文章的时候，他的儿子是未满十岁的——就觉得宛然是两个人。他在《家诫》中教他的儿子做人要小心，还有一条一条的教训。有一条是说长官处不可常去，亦不可住宿；官长送人们出来时，你不要在后面，因为恐怕将来官长惩办坏人时，你有暗中密告的嫌疑。又有一条是说宴饮时候有人争论，你可立刻走开，免得在旁批评，因为两者之间必有对与不对，不批评则不像样，一批评就总要是甲非乙，不免受一方见怪。还有人要你饮酒，即使不愿饮也不要坚决地推辞，必须和和气气地拿着杯子。我们就此看来，实在觉得很稀奇：嵇康是那样高傲的人，而他教子就要他这样庸碌。因此我们知道，嵇康自己对于他自己的举动也是不满足的。所以批评一个人的言行实在难，社会上对于儿子不像父亲，称为"不肖"，以为是坏事，殊不知世上正有不愿意他的儿子像自己的父亲哩。试看阮籍、嵇康，就是如此。这是，因为他们生于乱世，不得已，才有这样的行为，并非他们的本态。但又于此可见魏晋的破坏礼教者，实在是相信礼教到固执之极的。

不过何晏、王弼、阮籍、嵇康之流，因为他们的名位大，一般的人们就学起来，而所学的无非是表面，他们实在的内心，却不知道。因为只学他们的皮毛，于是社会上便很多了没意思的空谈和饮酒。许多人只会无端地空谈和饮酒，无力办事，也就影响到政治上，弄得玩"空城计"，毫无实际了。在文学上也这样，嵇康、阮籍的纵酒，是也能作文章的，后来到东晋，空谈和饮酒的遗风还在，而万言的大文如嵇、阮之作，却没有了。刘勰说："嵇康师心以遣论，阮籍使气以命诗。"这"师心"和"使气"，便是魏末晋初的文章的特色。正始名士和竹林名士的精神灭后，敢于师心使气的作家也没有了。

到东晋，风气变了。社会思想平静得多，各处都夹入了佛教的思想。再至晋末，乱也看惯了，篡也看惯了，文章便更和平。代表平和的文章的人有陶潜。他的态度是随便饮酒、乞食，高兴的时候就谈论和作文章，无尤无怨。所以现在有人称他为"田园诗人"，是个非常和平的田园诗人。他的态度是不容易学的，他非常之穷，而心里很平静。家常无米，就去向人家门口求乞。他穷到有客来见，连鞋也没有，那客人从家丁那里取鞋给他，他便伸了足穿上了。虽然如此，他却毫不为意，还是"采菊东篱下，悠然见南山"。这样的自然状态，实在不易模仿。他穷到衣服也破烂不堪，而还在东篱下采菊，偶然抬起头来，悠然地见了南山，这是何等自然。现在有钱的人住在租界里，雇花匠种数十盆菊花，便作诗，叫作"秋日赏菊效陶彭泽体"，自以为合于渊明的高致，我觉得不大像。

陶潜之在晋末，是和孔融于汉末与嵇康于魏末略同，又是将近易代的时候。但他没有什么慷慨激昂的表示，于是便博得"田园诗人"的名称。但《陶集》里有《述酒》一篇，是说当时政治的。这样看来，可见他于世事也并没有遗忘和冷淡，不过他的态度比嵇康、阮籍自然得多，不至于招人注意罢了。还有一个原因，先已说过，是习惯。因为当时饮酒的风气相沿下来，人见了也不觉得奇怪，而且汉魏晋相沿，时代不远，变迁极多，既经见惯，就没有大感触，陶潜之比孔融、嵇康和平，是当然的。例如看北朝的墓志，官位升进，往往详细写着，再仔细一看，他是已经经历过两三个朝代了，但当时似乎并不为奇。

据我的意思，即使是从前的人，那诗文完全超于政治的所谓"田园诗人”“山林诗人”，是没有的。完全超出于人间世的，也是没有的。既然是超出于世，则当然连诗文也没有。诗文也是人事，既有诗，就可以知道于世事未能忘情。譬如墨子兼爱，杨子为我。墨子当然要著书；杨子就一定不著，这才是“为我”。因为若做出书来给别人看，便变成“为人”了。

由此可知陶潜总不能超于尘世，而且，于朝政还是留心，也不能忘掉“死”，这是他诗文中时时提起的。用别一种看法研究起来，恐怕也会成一个和旧说不同的人物吧。

自汉末至晋末文章的一部分的变化与药及酒之关系，据我所知的大概是这样。但我学识太少，没有详细的研究，在这样的热天和雨天费去了诸位这许多时光，是很抱歉的。现在这个题目总算是讲完了。

品 鉴

魏晋南北朝是一个国家长期分裂、政权更迭频繁、社会动荡不安的时期。时代基调又因士人的政治处境而染上了悲剧的色彩。它在中国历史上是一个混乱的过渡时期，但是在思想史和文学史上却是一个极为重要的时期。鲁迅在《魏晋风度及文章与药及酒之关系》中，从“药”和“酒”这两个关键意象入手，概括了魏晋文人的生活状态、情趣和追求，进而深入那个时代哲学思潮和文学艺术的深层内核，在对历史与现实的联系的独特感受中，构成了自己的联想模式。鲁迅在文章中称魏晋是“文学的自觉时代”，从人生的角度看，它是“人的觉醒”的时代。中国历史上，真正意义的人的自我意识的寻觅，真正意义的人对社会压迫的反叛，应该说始于魏晋南北朝。这或许也是鲁迅在那个年代发表这一演讲的隐衷。

钓台的春昼

郁达夫

◉ 题解

1931年初，国民党加剧了对左翼文艺运动的文化围剿，“左联五烈士”被秘密杀害后，曾经积极奔走营救他们的郁达夫受到了国民党当局的威胁，不得不离沪去杭州、富阳等地避难。“乡愁一动”加上“乡居的倦怠”使郁达夫决心上钓台访严子陵故居。1932年回忆旧游、感怀时政而成此文。

因为近在咫尺，以为什么时候要去就可以去，我们对于本乡本土的名区胜景，反而往往没有机会去玩，或不容易下一个决心去玩。正因为如此，我对于富春江上的严陵，二十年来，心里虽每在记着，但脚却从没有向这一方面走过。一九三一，岁在辛未，暮春三月，春服未成，而中央党帝，似乎又想玩一个秦始皇所玩过的把戏了，我接到了警告，就仓皇离去了寓居。先在江浙附近的穷乡里，游息了几天，偶尔看见了一家扫墓的行舟，乡愁一动，就定下了归计。绕了一个大弯，赶到故乡，却正好还在清明寒食的节前。和家人等去上了几处坟，与许久不曾见过面的亲戚朋友，来往热闹了几天，一种乡居的倦怠，忽而袭上心来了，于是乎我就决心上钓台去访一访严子陵的幽居。

钓台去桐庐县城二十余里，桐庐去富阳县城九十里不足，自富阳溯江而上，坐小火轮三小时可达桐庐，再上则须坐帆船了。

我去的那一天，记得是阴晴欲雨的养花天，并且系坐晚班轮去的，船到桐庐，已经是灯火微明的黄昏时候了，不得已就只得在码头近边的一家旅馆的高楼上借了一宵宿。

桐庐县城，大约有三里路长，三千多烟灶，一二万居民，地在富春江西北岸，从前是皖浙交通的要道，现在杭江铁路一开，似乎没有一二十年前的繁华热闹了。尤其要使旅客感到萧条的，却是桐君山脚下的那一队花船失去了踪影。说起桐君山，却是桐庐县的一个接近城市的灵山胜地，山虽不高，但因有仙，自然是灵了。以形势来论，这桐君山，也的确是可以产生出许多口音生硬、别具风韵的桐严嫂来的生龙活脉。地处桐溪东岸，正当桐溪和富春江合流之所，依依一水，西岸便瞰视着桐庐县市的人家烟树。南面对江，便是十里长洲，唐诗人方干的故居，就在这十里桐洲九里花的花田深处。向西越过桐庐县城，更遥遥对着一排高低不定的青峦，这就是富春山的山子山孙了。东北面山下，是一片桑麻沃地，有一条长蛇似的官道，隐而复现，出没盘曲在桃花、杨柳、洋槐、榆树的中间，绕过一支小岭，便是富阳县的境界，大约去程明道的墓地程坟，总也不过一二十里地的间隔。我去拜谒桐君，瞻仰道观，就在那一天到桐庐的晚上，是淡云微月，正在作雨的时候。

鱼梁渡头，因为夜渡无人，渡船停在东岸的桐君山下。我从旅馆踱了出来，先在离轮埠不远的渡口停立了几分钟，后来向一位来渡口洗夜饭米的少妇，躬身请问了一回，才得到了渡江的秘诀。她说："你只需高喊两三声，船自会来的。"先谢了她教我的好意，然后以两手围成了播音的喇叭，"喂，喂，渡船请摇过来"地纵声一喊，果然在半江的黑影当中，船身摇动了。渐摇渐近，五分钟后，我在渡口，却终于听出了咿呀柔橹的声音。时间似乎已经入了酉时的下刻，小市里的群动，这时候都已经静息，自从渡口的那位少妇，在微茫的夜色里，藏去了她那张白团团的面影之后，我独立在江边，不知不觉心里头却兀自感到了一种他乡日暮的悲哀。渡船到岸，船头上起了几声微微的水浪清音，又铜东地一响，我早已跳上了船，渡船也已经掉过头来了。坐在黑影沉沉的舱里，我起先只在静听着柔橹划水的声音，然后却在黑影里看出一星船家在吸着的长烟管头上的烟火，最后因为被沉默压迫不过，我只好开口说话了：“船家！你这样地渡我过去，该给你几个船钱?”我问。“随你先生把几个就是。”船家说话冗慢悠长，似乎已经带着些睡意了，我就向袋里摸出了两角钱来。“这两角钱，就算是我的渡船钱，请你候我一会，上去烧一次夜香，我是依旧要渡过江来的。”船家的回答，只是恩恩乌乌，幽幽同牛叫似的一种鼻音，然而从继这鼻音而起的两三声轻快的喀声听来，他却已经在感到满足了，因为我也知道，乡间的义渡，船钱最多也不过是两三枚铜子而已。

到了桐君山下，在山影和树影交掩着的崎岖道上，我上岸走不上几步，就被一块乱石绊倒，滑跌了一次。船家似乎也动了恻隐之心了，一句话也不发，跑将上来，他却突然交给了我一盒火柴。我于感谢了一番他的盛意之后，重整步武，再摸上山去，先是必须点一枝火柴走三五步路的，但到得半山，路既就了规律，而微云堆里的半规月色，也朦胧地现出一痕银线来了，所以手里还存着的半盒火柴，就被我藏入了袋里。路是从山的西北，盘曲而上，渐走渐高，半山一到，天也开朗了一点，桐庐县市上的灯光，也星星可数了。更纵目向江心望去，富春江两岸的船上和桐溪合流口停泊着的船尾船头，也看得出一点一点的火来。走过半山，桐君观里的晚祷钟鼓，似乎还没有息尽，耳朵里仿佛听见了几丝木鱼钲钹的残声。走上山顶，先在半途遇着了一道道观外围的女墙，这女墙的栅门，却已经掩上了。在栅门外徘徊了一刻，觉得已经到了此门而不进去，终于是不能满足我这一次暗夜冒险的好奇怪癖的。所以细想了几次，还是决心进去，非进去不可，轻轻用手往里面一推，栅门却呀的一声，早已退向了后方开开了，这门原来是虚掩在那里的。进了栅门，踏着为淡月所映照的石砌平路，向东向南地前走了五六十步，居然走到了道观的大门之外，这两扇朱红漆的大门，不消说是紧闭在那里的。到了此地，我却不想再破门进去了，因为这大门是朝南向着大江开的，门外头是一条一丈来宽的石砌步道，步道的一旁是道观的墙，一旁便是山坡，靠山坡的一面，并且还有一道二尺来高的石墙筑在那里，大约是代替栏杆，防人倾跌下山去的用意，石墙之上，铺的是二三尺宽的青石，在这似石栏又似石凳的墙上，尽可以坐卧游息，饱看桐江和对岸的风景，就是在这里坐它一晚，也很可以，我又何必去打开门来，惊起那些老道的噩梦呢？

空旷的天空里，流涨着的只是些灰白的云，云层缺处，原也看得出半角的天，和一点两点的星，但看起来最饶风趣的，却仍是欲藏还露，将见仍无的那半规月影。这时候江面上似乎起了风，云脚的迁移，更来得迅速了，而低头向江心一看，几多散乱着的船里的灯光，也忽明忽灭地变换了一变换位置。

这道观大门外的景色，真神奇极了。我当十几年前，在放浪的游程里，曾向瓜州京口一带，消磨过不少的时日。那时觉得果然名不虚传的，确是甘露寺外的江山，而现在到了桐庐，昏夜上这桐君山来一看，又觉得这江山的秀而且静，风景的整而不散，却非那“天下第一江山”的北固山所可与比拟的了。真也难怪得严子陵，难怪得戴征士，倘使我若能在这样的地方结屋读书，以养天年，那还要什么的高官厚禄，还要什么的浮名虚誉哩？一个人在这桐君观前的石凳上，看看山，看看水，看看城中的灯火和天上的星云，更做做浩无边际的无聊的幻梦，我竟忘记了时刻，忘记了自身，直等到隔江的击柝声传来，向西一看，忽而觉得城中的灯影微茫地减了，才跑也似的走下了山来，渡江奔回了客舍。

第二日清晨，觉得昨天在桐君观前做过的残梦正还没有续完的时候，窗外面忽而传来了一阵吹角的声音。好梦虽被打破，但因这同吹觱篥似的商音哀咽，却很含着些荒凉的古意，并且晓风残月，杨柳岸边，也正好候船待发，上严陵去；所以心里虽怀着了些儿怨恨，但脸上却只现出了一痕微笑，起来梳洗更衣，叫茶房去雇船去。雇好了一只双桨的渔舟，买就了些酒菜鱼米，就在旅馆前面的码头上上了船。轻轻向江心摇出去的时候，东方的云幕中间，已现出了几丝红晕，有八点多钟了。舟师急得厉害，只在埋怨旅馆的茶房，为什么昨晚不预先告诉，好早一点出发。因为此去就是七里滩头，无风七里，有风七十里，上钓台去玩一趟回来，路程虽则有限，但这几日风雨无常，说不定要走夜路，才回来得了的。

过了桐庐，江心狭窄，浅滩果然多起来了。路上遇着的来往的行舟，数目也是很少，因为早晨吹的角，就是往建德去的快班船的信号，快班船一开，来往于两埠之间的船就不十分多了。两岸全是青青的山，中间是一条清浅的水，有时候过一个沙洲，洲上的桃花菜花，还有许多不晓得名字的白色的花，正在喧闹着春暮，吸引着蜂蝶。我在船头上一口一口地喝着严东关的药酒，指东话西地问着船家，这是什么山？那是什么港？惊叹了半天，称颂了半天，人也觉得倦了，不晓得什么时候，身子却走上了一家水边的酒楼，在和数年不见的几位已经做了党官的朋友高谈阔论。谈论之余，还背诵了一首两三年前曾在同一的情形之下作成的歪诗：

不是尊前爱惜身，佯狂难免假成真，
曾因酒醉鞭名马，生怕情多累美人。
劫数东南天作孽，鸡鸣风雨海扬尘，
悲歌痛哭终何补，义士纷纷说帝秦。

直到盛筵将散，我酒也不想再喝了，和几位朋友闹得心里各自难堪，连对旁边坐着的两位陪酒的名花都不愿意开口。正在这上下不得的苦闷关头，船家却大声地叫了起来说：

“先生，罗芷过了，钓台就在前面，你醒醒吧，好上山去烧饭吃去。”

擦擦眼睛，整了一整衣服，抬起头来一看，四面的水光山色又忽而变了样子了。清清的一条浅水，比前又窄了几分，四围的山包得格外的紧了，仿佛是前无去路的样子。并且山容峻削，看去觉得格外的瘦格外的高。向天上地下四围看看，只寂寂的看不见一个人类。双桨的摇响，到此似乎也不敢放肆了，钩的一声过后，要好半天才来一个幽幽的回响，静，静，静，身边水上，山下岩头，只沉浸着太古的静，死灭的静，山峡里连飞鸟的影子也看不见半只。前面的所谓钓台山上，只看得见两个大石垒，一间歪斜的亭子，许多纵横芜杂的草木。山腰里的那座祠堂，也只露着些废垣残瓦，屋上面连炊烟都没有一丝半缕，像是好久好久没有人住了的样子。并且天气又来得阴森，早晨曾经露一露脸过的太阳，这时候早已深藏在云堆里了，余下来的只是时有时无从侧面吹来的阴飕飕的半箭儿山风。船靠了山脚，跟着前面背着酒菜鱼米的船夫走上严先生祠堂去的时候，我心里真有点害怕，怕在这荒山里要遇见一个干枯苍老得同丝瓜筋似的严先生的鬼魂。

在祠堂西院的客厅里坐定，和严先生的不知第几代的裔孙谈了几句关于年岁水旱的话后，我的心跳也渐渐地镇静下去了，嘱托了他以煮饭烧菜的杂务，我和船家就从断碑乱石中间爬上了钓台。

东西两石垒，高各有二三百尺，离江面约两里来远，东西台相去只有一二百步，但其间却夹着一条深谷。立在东台，可以看得出罗芷的人家，回头展望来路，风景似乎散漫一点，而一上谢氏的西台，向西望去，则幽谷里的清景，却绝对的不像是在人间了。我虽则没有到过瑞士，但到了西台，朝西一看，立时就想起了曾在照片上看见过的威廉退儿的祠堂。这四山的幽静，这江水的青蓝，简直同在画片上的珂罗版色彩，一色也没有两样，所不同的，就是在这儿的变化更多一点，周围的环境更芜杂不整齐一点而已，但这却是好处，这正是足以代表东方民族性的颓废荒凉的美。

从钓台下来，回到严先生的祠堂——记得这是洪杨以后严州知府戴槃重建的祠堂——西院里饱啖了一顿酒肉，我觉得有点酩酊微醉了。手拿着以火柴柄制成的牙签，走到东面供着严先生神像的龛前，向四面的破壁上一看，翠墨淋漓，题在那里的，竟多是些俗而不雅的过路高官的手笔。最后到了南面的一块白墙头上，在离屋檐不远的一角高处，却看到了我们的一位新近去世的同乡夏灵峰先生的四句似邵尧夫而又略带感慨的诗句。夏灵峰先生虽则只知崇古，不善处今，但是五十年来，像他那样的顽固自尊的亡清遗老，也的确是没有第二个人。比较起现在的那些官迷财迷的南满尚书和东洋宦婢来，他的经术言行，姑且不必去论它，就是以骨头来称称，我想也要比什么罗三郎郑太郎辈，重到好几百倍。慕贤的心一动，醺人的臭技自然是难熬了，堆起了几张桌椅，借得了一支破笔，我也在高墙上在夏灵峰先生的脚后放上了一个陈屁，就是在船舱的梦里，也曾微吟过的那一首歪诗。

从墙头上跳将下来，又向龛前天井去走了一圈，觉得酒后的喉咙有点渴痒了，所以就又走回到了西院，静坐着喝了两碗清茶。在这四大无声，只听见我自己的啾啾喝水的舌音冲击到那座破院的败壁上去的寂静中间，同惊雷似的一响，院后的竹园里却忽而飞出了一声闲长而又有节奏似的鸡啼的声来。同时在门外面歇着的船家，也走进了院门，高声地对我说：

“先生，我们回去吧，已经是吃点心的时候了，你不听见那只公鸡在后山啼么？我们回去吧！”

一九三二年八月在上海写

作者信息

郁达夫（1896—1945），原名郁文，浙江富阳人。现代小说家、散文家、诗人。一生著述宏富。小说多采用“自叙传”的方式和第一人称的写法，代表作有《沉沦》等。散文感情真挚，格调清新，以游记和感怀身世为主，有《屐痕处处》等。抗日战争时期在新加坡从事抗日宣传工作，新加坡陷落后流亡到苏门答腊，1945 年被日本宪兵队杀害。1952 年被中华人民共和国中央人民政府追认为革命烈士。胡愈之先生认为“在中国文学史上，将永远铭刻着郁达夫的名字，在中国人民反法西斯战争的纪念碑上，也将永远铭刻着郁达夫烈士的名字”。

品鉴

在中国现代文学史上，郁达夫的游记独具风采，占有重要的地位。本文不仅为我们描绘了一个清新秀丽的富春江，而且多方征引前贤事迹和历代掌故，增加了人文内涵。

中国知识分子对于生活的审美态度——隐逸情怀由来已久。在现代作家中，郁达夫是一个比较突出的例子。隐逸对于他是一个终生的诱惑。对他来说，严子陵的钓台就无异于一块“圣地”。

本文的中心是写“钓台的春昼”，然而作者却先用一大段文字来写桐庐的晚上，写自己在夜间登山观水，看到江边城市的灯光和江上的渔火，听到道观钲钹的残声，别有一种清寂孤独的感觉。

这和郁达夫当时憎恨社会投机、逢迎拍马，向往高风亮节人物的心理是相联系的，他正是想借凭吊古人来消除心中的块垒。

瑞士

朱自清

◎ 题解

1931年8月，朱自清赴英国留学一年，主修语言学与英国文学，课余时间游历了伦敦、牛津以及莎士比亚的故乡斯特拉福等地。1932年5、6月间，朱自清回国之前，在欧洲大陆漫游了两个月，游历了法国、德国、荷兰、瑞士、意大利五个国家的十二个地方。

朱自清的《欧游杂记》《伦敦杂记》记录了他旅居欧洲期间的所见所闻、所思所感，向中国读者描绘了充满异国情调的风景。

瑞士有“欧洲的公园”之称。起初以为有些好风景而已；到了那里，才知无处不是好风景，而且除了好风景似乎就没有什么别的。这大半由于天然，小半也是人工。瑞士人似乎是靠游客活的，只看很小的地方也有若干若干的旅馆就知道。他们拼命地筑铁道通轮船，让爱逛山的爱游湖的都有落儿；而且车船两便，票在手里，爱怎么走就怎么走。瑞士是山国，铁道依山而筑，隧道极少；所以老是高高低低，有时像差得很远的。还有一种爬山铁道，这儿特别多。狭狭的双轨之间，另加一条特别轨：有时是一个个方格儿，有时是一个个钩子；车底下带一种齿轮似的东西，一步步咬着这些方格儿，这些钩子，慢慢地爬上爬下。这种铁道不用说工程大极了；有些简直是笔陡笔陡的。

逛山的味道实在比游湖好。瑞士的湖水一例是淡蓝的，真正平得像镜子一样。太阳照着的时候，那水在微风里摇晃着，宛然是西方小姑娘的眼。若遇着阴天或者下小雨，湖上迷迷蒙蒙的，水天混在一块儿，人如在睡里梦里。也有风大的时候；那时水上便皱起粼粼的细纹，有点像颦眉的西子。可是这些变幻的光景在岸上或山上才能整个儿看见，在湖里倒不能领略许多。况且轮船走得究竟慢些，常觉得看来看去还是湖，不免也腻味。逛山就不同，一会儿看见湖，一会儿不看见；本来湖在左边，不知怎么一转弯，忽然挪到右边了。湖上固然可以看山，山上还可看山，阿尔卑斯有的是重峦叠嶂，怎么看也不会穷。山上不但可以看山，还可以看谷；稀稀疏疏错错落落的房舍，仿佛有鸡鸣犬吠的声音，在山肚里，在山脚下。看风景能够流连低回固然高雅，但目不暇接地过去，新境界层出不穷，也未尝不淋漓痛快；坐火车逛山便是这个办法。

卢参（Luzerne）在瑞士中部，卢参湖的西北角上。出了车站，一眼就看见那汪汪的湖水和屏风般的青山，真有一股爽气扑到人的脸上。与湖连着的是劳思河，穿过卢参的中间。河上低低的一座古水塔，从前当作灯塔用；这儿称灯塔为“卢采那”，有人猜“卢参”这名字就是由此而出。这座塔低得有意思；依傍着一架曲了又曲的旧木桥，倒配了对儿。这架桥带顶，像廊子；分两截，近塔的一截低而窄，那一截却突然高阔起来，仿佛彼此不相干，可是看来还只有一架桥。不远儿另是一架木桥，叫龛桥，因上有神龛得名，曲曲的，也古。许多对柱子支着桥顶，顶底下每一根横梁上两面各钉着一大幅三角形的木板画，总名“死神的跳舞”。每一幅配搭的人物和死神跳舞的姿态都不相同，意在表现社会上各种人的死法。画笔大约并不算顶好，但这样上百幅的死的图画，看了也就够劲儿。过了河往里去，可以看见城墙的遗迹。墙依山而筑，蜿蜒如蛇；现在却只见一段一段地嵌在住屋之间。但九座望楼还好好的，和水塔一样都是多角锥形；多年的风吹日晒雨淋，颜色是黯淡得很了。

冰河公园也在山上。古代有一个时期北半球全埋在冰雪里，瑞士自然在内。阿尔卑斯山上积雪老是不化，越堆越多。在底下的渐渐地结成冰，最底下的一层渐渐地滑下来，顺着山势，往谷里流去。这就是冰河。冰河移动的时候，遇着夏季，便大量地融化。这样融化下来的一股大水，力量无穷；石头上一个小缝儿，在一个夏天里，可以冲成深深的大潭。这个叫磨穴。有时大石块被带进潭里去，出不来，便只在那儿跟着水转。初起有棱角，将潭壁上磨了许多道儿；日子多了，棱角慢慢光了，就成了一个大圆球，还是转着。这个叫磨石。冰河公园便以这类遗迹得名。大大小小的石潭，大大小小的石球，现在是安静了；但那粗糙的样子还能教你想见多少万年前大自然的气力。可是奇怪，这些不言不语的顽石，居然背着多少万年的历史，比我们人类还老得多多；要没人卓古证今地说，谁相信。这样讲，古诗人慨叹“磊磊涧中石”，似乎也很有些道理在里头了。这些遗迹本来一半埋在乱石堆里，一半埋在草地里，直到一八七二年秋天才偶然间被发现。还发现了两种化石：一种上是些蚌壳，足见阿尔卑斯脚下这一块土原来是滔滔的大海。另一种上是片棕叶，又足见此地本有热带的大森林。这两期都在冰河期前，日子虽然更杳茫，光景却还能在眼前描画得出，但我们人类与那种大自然一比，却未免太微细了。

立矶山（Rigi）在卢参之西，乘轮船去大约要一点钟。去时是个阴天，雨意很浓。四周陡峭的青山的影子冷冷地沉在水里。湖面儿光光的，像大理石一样。上岸的地方叫威兹老，山脚下一座小小的村落，疏疏散散遮遮掩掩的人家，静透了。上山坐火车，只一辆，走得可真慢，虽不像蜗牛，却像牛之至。一边是山，太近了，不好看。一边是湖，是湖上的山；从上面往下看，山像一片儿一片儿插着，湖也像只有一薄片儿。有时窗外一座大崖石来了，便什么都不见；有时一片树木来了，只好从枝叶的缝儿里张一下。山上和山下一样，静透了，常常听到牛铃儿叮儿当的。牛带着铃儿，为的是跑到哪儿都好找。这些牛真有些“不知汉魏”，有一回居然挡住了火车；开车的还有山上的人帮着，吆喝了半天，才将它们哄走。但是谁也没有着急，只微微一笑就算了。山高五千九百零五英尺，顶上一块不大的平场。据说在那儿可以看见周围九百里的湖山，至少可以看见九个湖和无数的山峰。可是我们的运气坏，上山后云便越浓起来；到了山顶，什么都裹在云里，几乎连我们自己也在内。在不分远近的白茫茫里闷坐了一点钟，下山的车才来了。

交湖（Interlaken）在卢参的东南。从卢参去，要坐六点钟的火车。车子走过勃吕尼山峡。这条山峡在瑞士是最低的，可是最有名。沿路的风景实在太奇了。车子老是挨着一边儿山脚下走，路很窄。那边起初也只是山，青青青青的。越往上走，那些山越高了，也越远了，中间豁然开朗，一片一片的谷，是从来没看见过的山水画。车窗里直望下去，却往往只见一丛丛的树顶，到处是深的绿，在风里微微波动着。路似乎颇弯曲的样子，一座大山峰老是看不完；瀑布左一条右一条的，多少让山顶上的云掩护着，清淡到像一些声音都没有，不知转了多少转，到勃吕尼了。这儿高三千二百九十六英尺，差不多到了这条峡的顶。从此下山，不远便是勃利安湖的东岸，北岸就是交湖了。车沿着湖走。太阳出来了，隔岸的高山青得出烟，湖水在我们脚下百多尺，闪闪的像珐琅一样。

交湖高一千八百六十六英尺，勃利安湖与森湖交会于此。地方小极了，只有一条大街；四周让阿尔卑斯的群峰严严地围着。其中少妇峰最为秀拔，积雪皑皑，高出云外。街北有两条小径。一条沿河，一条在山脚下，都以幽静胜。小径的一端，依着座小山的形势参差地安排着些别墅般的屋子。街南一块平原，只有稀稀的几个人家，显得空旷得不得了。早晨从旅馆的窗子看，一片清新的朝气冉冉地由远而近，仿佛在古时的村落里。街上满是旅馆和铺子；铺子不外卖些纪念品，咖啡，酒饭，等等，都是为游客预备的；还有旅行社，更是的。这个地方简直是游客的地方，不像属于瑞士人。纪念品以刻木为最多，大概是些小玩意儿；是一种涂紫色的木头，虽然刻得粗略，却有气力。在一家铺子门前看见一个美国人在说："你们这些东西都没有用处，我不欢喜玩意儿。"买点纪念品而还要考较用处。此君真美国得可以了。

从交湖可以乘车上少妇峰，路上要换两次车。在老台勃鲁能换爬山电车，就是下面带齿轮的。这儿到万根，景致最好看。车子慢慢爬上去，窗外展开一片高山与平陆，宽旷到一眼望不尽。坐在车中，不知道车子如何爬法；却看那边山上也有一条陡峻的轨道，也有车子在上面爬着，就像一只甲虫。到万格那尔勃可见冰川，在太阳里亮晶晶的。到小夏代格再换车，轨道中间装上一排铁钩子，与车底下的齿轮好咬得更紧些。这条路直通到少妇峰前头，差不多整个儿是隧道；因为山上满积着雪，不得不打山肚里穿过去。这条路是欧洲最高的铁路，费了十四年工夫才造好，要算近代顶伟大的工程了。

在隧道里走没有多少意思，可是哀格望车站值得看。那前面的看廊是从山岩里硬凿出来的。三个又高又大又粗的拱门般的窗洞，教你觉得自己渺小。望出去很远；五千九百零四英尺下的格林德瓦德也可见。少妇峰站的看廊却不及这里；一眼尽是雪山，雪水从檐上滴下来，别的什么都没有。虽在一万一千三百四十二英尺的高处，而不能放开眼界，未免令人有些怅怅。但是站里有一架电梯，可以到山顶上去。这是小小一片高原，在明西峰与少妇峰之间，三百二十英尺长，厚厚地堆着白雪。雪上虽只是淡淡的日光，乍看竟耀得人睁不开眼。这儿可望得远了。一层层的峰峦起伏着，有戴雪的，有不戴的；总之越远越淡下去。山缝里躲躲闪闪一些玩具般的屋子，据说便是交湖了。原上一头插着瑞士白十字国旗，在风里飒飒地响，颇有些气势。山上不时地雪崩，沙沙沙沙流下来像水一般，远看很好玩儿。脚下的雪滑极，不走惯的人寸步都得留神才行。少妇峰的顶还在二千三百二十五英尺之上，得凭着自己的手脚爬上去。

下山还在小夏代格换车，却打这儿另走一股道，过格林德瓦德直到交湖，路似乎平多了。车子绕明西峰走了好些时候。明西峰比少妇峰低些，可是大。少妇峰秀美得好，明西峰雄奇得好。车子紧挨着山脚转，陡陡的山势似乎要向窗子里直压下来，像传说中的巨人。这一路有几条瀑布；瀑布下的溪流快极了，翻着白沫，老像沸着的锅子。早九点多在交湖上车，回去是五点多。

司皮也兹（Spiez）是玲珑可爱的一个小地方：临着森湖，如浮在湖上。路依山而建，共有四五层，台阶似的。街上常看不见人。在旅馆楼上待着，远处偶然有人过去，说话声音听得清清楚楚的。傍晚从露台上望湖，山脚下的暮霭混在一抹轻蓝里，加上几星儿刚放的灯光，真有味。孟特罗（Montreux）的果子可可糖也真有味。日内瓦像上海，只湖中大喷水，高二百余英尺，还有卢梭岛及他出生的老屋，现在已开了古董铺的，可以看看。

一九三二年十月十七日作

作者信息

朱自清（1898—1948），原名自华，字佩弦，江苏扬州人，原籍浙江绍兴。散文家、诗人、学者、民主战士。1920 年毕业于北京大学。1923 年发表长诗《毁灭》，后又从事散文写作。1931 年留学英国，漫游欧洲，回国后写成《欧游杂记》。抗日战争爆发后，任西南联大教授。1948 年 8 月在《抗议美国扶日政策并拒绝领取美援面粉宣言》上签字，不久因贫病在北平逝世。其散文风格素朴缜密、清隽沉郁，以语言洗练、文笔秀丽著称。代表作有《春》《背影》《荷塘月色》等。

品 鉴

透过《欧游杂记》，可以看到 20 世纪 30 年代朱自清的异国体验以及他对于美的另一种思考，特别是他对于城市的思考，他的游记描绘了完全不同的欧洲城市图景和他心目中美好的城市应该有的样貌。

在朱自清看来，一个城市的美，首先在于它的别致，这种别致体现在城市的自然环境、悠久的历史、独特的建筑，以及市民生活的一切领域。他说，佛罗伦萨让人忘不掉的，是它色调鲜明的大教堂和高耸入云的钟楼。人们从世界各地络绎不绝地来到罗马，吸引着他们的，正是它的古城墙、法庭、神庙、住宅的遗迹，七零八落的废墟、断壁残垣、角斗场，还有罗马城西南角上的英国坟场、艺术家的墓地。罗马城独一无二的个性就体现在这些历史遗迹中，罗马人就生活在这些历史遗迹中，而历史也成为现实的罗马不可分割的组成部分。

朱自清在《欧游杂记》中特别礼赞德国、瑞士那些小巧玲珑、质朴宁静的城市。瑞士，被称为“欧洲的公园”，自然山水之美可谓大自然之美的巅峰，“瑞士的美一半出于天然，一半来自人为”，“瑞士除了好风景还是好风景”。那些玲珑可爱的小城镇，被森林包裹，或者临河而建，或者像是浮在湖上，人们轻轻地说话，轻轻地走路。

囚绿记

陆蠡

◉ 题解

1937年11月上海沦陷后，一部分文艺工作者利用上海租界的特殊环境，在日本侵略势力的四面包围中，坚持抗日文学活动，至1941年12月珍珠港事变，日军入侵租界为止，历时四年零一个月。这一文学运动被称之为“孤岛文学”。陆蠡就是当时自告奋勇留在上海的文艺工作者之一。《囚绿记》就写于抗战前期（1938年）“祖国蒙受极大耻辱”的时候，陆蠡回忆起一年前暂住北平时窗外的一树常春藤，从常春藤“永远向着阳光生长”“永不屈服于黑暗”的精神中，看到了民族的希望。

这是去年夏间的事情。

我住在北平的一家公寓里。我占据着高广不过一丈的小房间，砖铺的潮湿的地面，纸糊的墙壁和天花板，两扇木格子嵌玻璃的窗，窗上有很灵巧的纸卷帘，这在南方是少见的。

窗是朝东的。北方的夏季天亮得快，早晨五点钟左右太阳便照进我的小屋，把可畏的光线射个满室，直到十一点半才退出，令人感到炎热。这公寓里还有几间空房子，我原有选择的自由的，但我终于选定了这朝东房间，我怀着喜悦而满足的心情占有它，那是有一个小小理由。

这房间靠南的墙壁上，有一个小圆窗，直径一尺左右。窗是圆的，却嵌着一块六角形的玻璃，并且左下角是打碎了，留下一个大孔隙，手可以随意伸进伸出。圆窗外面长着常春藤。当太阳照过它繁密的枝叶，透到我房里来的时候，便有一片绿影。我便是欢喜这片绿影才选定这房间的。当公寓里的伙计替我提了随身小提箱，领我到这房间来的时候，我瞥见这绿影，感觉到一种喜悦，便毫不犹疑地决定下来，这样了截爽直使公寓里伙计都惊奇了。

绿色是多宝贵的啊！它是生命，它是希望，它是慰安，它是快乐。我怀念着绿色把我的心等焦了。我欢喜看水白，我欢喜看草绿。我疲累于灰暗的都市的天空和黄漠的平原，我怀念着绿色，如同涸辙的鱼盼等着雨水！我急不暇择的心情即使一枝之绿也视同至宝。当我在这小房中安顿下来，我移徙小台子到圆窗下，让我面朝墙壁和小窗。门虽是常开着，可没人来打扰我，因为在这古城中我是孤独而陌生。但我并不感到孤独。我忘记了困倦的旅程和已往的许多不快的记忆。我望着这小圆洞，绿叶和我对语。我了解自然无声的语言，正如它了解我的语言一样。

我快活地坐在我的窗前。度过了一个月，两个月，我留恋于这片绿色。我开始了解渡越沙漠者望见绿洲的欢喜，我开始了解航海的冒险家望见海面漂来花草的茎叶时的欢喜。人是在自然中生长的，绿是自然的颜色。

我天天望着窗口常春藤的生长。看它怎样伸开柔软的卷须，攀住一根缘引它的绳索，或一茎枯枝；看它怎样舒开折叠着的嫩叶，渐渐变青，渐渐变老，我细细观赏它纤细的脉络、嫩芽，我以揠苗助长的心情，巴不得它长得快，长得茂绿。下雨的时候，我爱它淅沥的声音，婆娑的摆舞。

忽然有一种自私的念头触动了我。我从破碎的窗口伸出手去，把两枝浆液丰富的柔条牵进我的屋子里来，教它伸长到我的书案上，让绿色和我更接近，更亲密。我拿绿色来装饰我这简陋的房间，装饰我过于抑郁的心情。我要借绿色来比喻葱茏的爱和幸福，我要借绿色来比喻猗郁的年华。我囚住这绿色如同幽囚一只小鸟，要它为我作无声的歌唱。

绿的枝条悬垂在我的案前了。它依旧伸长，依旧攀缘，依旧舒放，并且比在外边长得更快。我好像发现了一种“生的欢喜”，超过了任何种的喜悦。从前我有个时候，住在乡间的一所草屋里，地面是新铺的泥土，未除净的草根在我的床下茁出嫩绿的芽苗，蕈菌在地角上生长，我不忍加以剪除。后来一个友人一边说一边笑，替我拔去这些野草，我心里还引为可惜，倒怪他多事似的。

可是每天早晨，我起来观看这被幽囚的“绿友”时，它的尖端总朝着窗外的方向。甚至于一枚细叶、一茎卷须，都朝原来的方向。植物是多固执啊！它不了解我对它的爱抚，我对它的善意。我为了这永远向着阳光生长的植物不快，因为它损害了我的自尊心。可是我囚系住它，仍旧让柔弱的枝叶垂在我的案前。

它渐渐失去了青苍的颜色，变成柔绿，变成嫩黄；枝条变成细瘦，变成娇弱，好像病了的孩子。我渐渐不能原谅我自己的过失，把天空底下的植物移锁到暗黑的室内；我渐渐为这病损的枝叶可怜，虽则我恼怒它的固执，无亲热，我仍旧不放走它。魔念在我心中生长了。

我原是打算七月尾就回南去的。我计算着我的归期，计算这“绿囚”出牢的日子。在我离开的时候，便是它恢复自由的时候。

卢沟桥事件发生了。担心我的朋友电催我赶速南归。我不得不变更我的计划，在七月中旬，不能再流连于烽烟四逼中的旧都，火车已经断了数天，我每日须得留心开车的消息。终于在一天早晨候到了。临行时我珍重地开释了这永不屈服于黑暗的囚人。我把瘦黄的枝叶放在原来的位置上，向它致诚意的祝福，愿它繁茂苍绿。

离开北平一年了。我怀念着我的圆窗和绿友。有一天，得重和它们见面的时候，会和我面生么？

作者信息

陆蠡（1908—1942），原名陆圣泉，浙江天台人。散文家、革命家、翻译家。20 世纪 30 年代先在泉州平民中学任教，并写作散文诗，后到上海参加文化生活出版社的编辑工作。1942 年上海沦陷后，因坚持出版抗日作品而遭日本宪兵逮捕，不久惨遭杀害。著有散文集《海星》《竹刀》《囚绿记》，译有《罗亭》《烟》《鲁滨孙漂流记》等多种世界名著。

品鉴

文章以作者对“绿”的感情为线索，巧妙地将“择绿”“恋绿”“囚绿”“释绿”“念绿”五个阶段连缀成篇，娓娓道来，逐层展开。

“囚绿”体现了作者对“绿”的深深喜爱，而无法囚住“绿”，正说明了“绿”的顽强与倔强。作者借“绿”言志，赞美了这种顽强不屈的性格，表达了对光明和自由的向往追求。常春藤上，寄寓着一个爱国者真挚的情感和愿望。

槐园梦忆（节选）

梁实秋

◎ 题 解

1974年梁实秋的夫人程季淑不幸去世，梁实秋在伤恸之余写下长篇回忆性散文《槐园梦忆》，感情恳切动人。本文节选其第十五、十七两章，标题为编者所加。

岁 月

我岂不知“求田问舍，怕应羞见，刘郎才气”？只因季淑病躯需要调养，故乃罄其所有，营此小筑。地皮不大，仅一百三十余坪。请同学友人陆云龙先生鸠工兴建，图样是我们自己打的。我们打图的计划是，房求其小，院求其大，因为两个人不需要大房，而季淑要种花木故院需宽敞。室内设计则务求适合我们的需要，她不喜欢我独自幽闭在一间书斋之内，她不愿扰我工作，但亦不愿与我终日隔离，她要随时能看见我。于是我们有一奇怪的设计，一联三间房，一间寝室，一间书房，中间一间起居室，拉门两套虽设而常开。我在书房工作，抬头即可看见季淑在起居室内闲坐，有时我晚间工作亦可看见她在床上躺着。这一设计满足了我们的相互的愿望。季淑坐在中间的起居室，我曾笑她像是蜘蛛网上的一只雌蜘蛛，盘踞网的中央，窥察四方的一切动静，照顾全家所有的需要，不愧为名副其实的一家之主。

不出半年，新屋落成。金圣叹“三十三不亦快哉”，其中之一是：“本不欲造屋，偶得闲钱，试造一屋，自此日为始，需木，需石，需瓦，需砖，需灰，需钉，无晨无夕，不来聒于两耳。乃至罗雀掘鼠，无非为屋校计，而又都不得屋住，既已安之如命矣。忽然一日屋竟落成，刷墙扫地，糊窗挂画；一切匠作出门毕去，同人乃来分榻列坐，不亦快哉！”我们之快哉则有甚于此者。一切委托工程师，无应付工人之烦，一切早有预算，无临时罗掘之必要。唯一遗憾是房屋造得太结实，比主人的身体要结实得多，十三年来没漏过雨水，地板没塌陷过一块，后来拆除的时候很费手脚。落成之后，好心的朋友代我们做了庭园的布置，草皮花木应有尽有。季淑携来一粒面包树的种子，栽在前院角上，居然茁长甚速，虽经台风几番摧毁，由于照管得法，长成大树，因为是她所手植，我特别喜爱它。

云和街的房子空出来之后，候补迁入的人很多，季淑坚决主张不可私相授受，历年修缮增建所耗亦无须计较索偿，所以我无任何条件于搬出之日将钥匙送归学校，手续清楚。季淑则着手打扫清洁，不使继居者感到不便。我们临去时对那棵大面包树频频回顾，不胜依依。后来路经附近一带，我们也常特为绕道来此看看这棵树的雄姿是否无恙。

住到新房里不久，季淑患匐行疹（俗名转腰龙），腰上生一连串的小疱，是神经末梢的发炎，原因不明，不外是过滤性病毒所致，西医没有方法治疗，只能镇定剧痛的感觉。除了照料她的饮食之外，我爱莫能助。有一位朋友来探病，把我拉到一边告诉我说：“此病不可轻视，等到腰上的一条龙合围一周，人就不行了。”又有一位朋友笑嘻嘻地四下打量着说：“有这样的房子住，就是生病也是幸福。”这病拖延十日左右，最后有朋友介绍南昌街一位中医华佗氏，用他密制的药粉和以捣碎的瓮菜泥敷在患处，果然见效，一天天地好起来了。介绍华佗氏的这位朋友也为我的糖尿症推荐一个偏方：用玉蜀黍的须子熬水大量饮用。我试了好多天，无法证明其为有效。

说起糖尿症，我连累季淑不少。饮食无度，运动太少，为致病之由。她引咎自责，认为她所调配的食物不当，于是她就悉心改变我的饮食，其实医云这是老年性的糖尿症，并不严重。文蔷寄来一册《糖尿症手册》，深入浅出，十分有用，我细看不止一遍，还借给别人参阅。糖是不给我吃了，碳水化合物也减少到最低限度，本来炸酱面至少要吃两大碗，如今改为一大碗，而其中三分之二是黄瓜丝、绿豆芽，面条只有十根八根埋在下面。一顿饭以两片面包为限，要我大量地吃黄瓜拌粉。动物性脂肪几乎绝迹，改用红花子油。她常感慨地说："有一些所谓'职业妇女'者，常讥笑家庭主妇的职业是在厨房里，其实我在厨房里的工作也还没有做好。"事实上，她做得太好了。自来台以后，我不太喜欢酒食应酬，有时避免开罪于人非敬陪末座不可，季淑就为我特制三明治一个，放在衣袋里，等别人"式燕以敖"的时候我就取出三明治，道一声"告罪"，徐徐啮而食之。这虽令人败兴，但久之朋友们也就很少约我赴宴。在这样的饮食控制之下，我的糖尿症没有恶化，直到如今我遵照季淑给我配制的食谱，维持我的体重。

我们不喜欢赌，赌具却有一副，那是我在北平买的一副旧的麻将牌。季淑家居烦闷，三五友好就常聚在一起消磨时间，赌注小到不能再小，八圈散场，卫生之至。夫妻同时上桌乃赌家大忌，所以我只扮演"牌僮"一旁伺候，时而茶水，时而点心，忙得团团转。赌，不开始则已，一开始赌注必定越来越大，圈数必定越来越多，牌友必定越来越杂。同时这种游戏对于关节炎患者并不适宜。有一天季淑突然对我宣告："我从今天戒赌。"真的，从那一天起，真个不再打牌，以后连赌具也送人了，一张特制的桌面可以折角的牌桌也送人了，关于麻将之事从此提都不提，我说不妨偶一为之，她也不肯。

对于花木，她的兴趣不浅。后院墙角搭起一个八尺见方的竹棚（警察认为是违章建筑，但结果未被拆除），里面养了几十盆洋兰和素心兰。她最爱的是素心兰，严格讲应该是蕙，姿态可以入画，一缕幽香不时地袭人，花开时搬到室内，满室郁然。友人从山中送来一株灵芝，插入盆内，成为高雅的清供。竹棚上的玻璃被邻街的恶童一块块地击毁，不复能蔽风雨，她索性把兰花一盆盆地吊在前院一棵巨大的夹竹桃下，勉强有点阴凉，只是遇到连绵的雨水或酷寒的天气，便需一盆盆地搬进室内，有时半夜起来抢救，实在辛劳。玫瑰也是她所欣喜的，我们也有一些友人赠送的比较贵重的品种，遇有大风雨，她便用塑料袋把花苞一个个地包起来，使不受损。终以阳光太烈、土壤不肥，虽施专门的花肥，仍不能培护得宜。她常说："我们的兰花，不能和胡伟克先生家的相比，我们的玫瑰，不能和张棋祥先生的相比，但是我亲手培养的就格外亲切可爱。"可惜她力不从心，不大能弯腰，亦不便蹲下，园艺之事不能尽兴。院里有含笑一株，英文叫 banana shrub，因花香略带甜味近似香蕉，是我国南方有名的花木。有一天，师大送公教配给的工友来了，他在门外就闻到了含笑的香气，他乞求摘下几朵，问他作何用途，他惨然说："我的母亲最爱此花，最近她逝世了，我想讨几朵献在她的灵前。"季淑大受感动，为之涕下，以后他每次来，不等他开口，只要枝上有花，必定摘下一盘给他。

季淑爱花草，不分贵贱，一视同仁。有一次在阳明山上的石隙中间看见一株小草，叶子像是竹叶，但不是竹，葱绿而挺俏，她试一抽取，连根拔出，遂小心翼翼地裹以手帕带回家里，栽在盆中灌水施肥，居然成一盆景。我做出要给她拔掉之状，她就大叫。

房檐下遮窗的雨棚，有几个铁钩子，是工程师好意安装的，季淑说："这是天造地设，应该挂几个鸟笼。"于是我们买了三四个鸟笼，先是养起两只金丝雀。喂小米，喂菜心，喂红萝卜，鸟儿就是不大肯唱。后来请教高人，才知道一雌一雄不该放在一起，要隔离之后雄的才肯引吭高歌（不独鸟类如此，人亦何尝不然？能接吻的嘴是不想歌唱的）。我们试验之后，果然，但是总觉得这样摆布未免残忍。后来又养一种小鹦鹉，又名爱鸟，宽大的喙，整天咕咕地亲嘴。听说这种鹦鹉容易传染一种热病。我们开笼放生，不久又都飞回来，因为笼里有食物，宁可回到笼里来。之后，又养了一只画眉，这是一种雄壮的野鸟，怕光怕人，需要被人提着笼摇摇晃晃地早晨出去溜达。叫的声音可真好听，高亢而清脆，声达一二十丈以外。我们没有工夫遛它，有一天它以头撞笼流血而死。从此我们也就不再养鸟。在大自然的环境中，每见小鸟在枝头跳跃，季淑就驻足而观，喜不自禁。她喜爱鸟的轻盈的体态。

一九六〇年七月，我参加“中美文化关系讨论会”赴美国西雅图，顺便到伊利诺州看看新婚后的文蔷，这是我来台后第一次和季淑作短期的别离，约二十日。我的心情就和三十多年前在美国做学生的时代一样，总是记挂着她。事毕我匆匆回来，她盛装到机场接我，“铅华不可弃，莫是藁砧归?”她穿的是自己缝制的一件西装，鞋子也是新的。她已许久不穿旗袍，因为腰窄领硬很不舒服，西装比较洒脱，领胸可以开得低低的。她算计着我的归期，花两天的时间就缝好了一件新衣，花样式样我认为都无懈可击。我在汽车里就告诉她：“我喜欢你的装束。”小别重逢，“其新孔嘉，其旧如之何?”

一九六三年十二月十八日，有独行盗侵入寒家，持枪勒索。时季淑正在厨房预备午膳。文蔷甫自美国返来省亲，季淑特赴市场购得黄鳝数尾，拟做生炒鳝丝，方下油锅翻炒，闻警急奔入室，见盗正在以枪对我做欲射状。她从容不迫，告之曰：“你有何要求，尽管直说，我们会答应你的。”盗色稍霁。这时候门铃声大作，盗惶恐以为缇骑到门，扬言杀人同归于尽。季淑徐谓之曰：“你们二位坐下谈谈，我去应门，无论是谁吾不准其入门。”盗果就座，取钱之后犹嫌不足，夺我手表，复迫季淑交出首饰，她有首饰盒二，其一尽系廉价赝品，立取以应，盗匆匆抓取一把珠项链等物而去。当天夜晚，盗即就逮，于一月三日伏法。此次事件端赖季淑临危不乱，镇定应付，使我得以幸免于祸灾。未定谳前，季淑复力求警宪从轻发落，声泪俱下。碍于法律，终处极刑，我们为之痛心者累日。季淑的镇定的性格，得自母氏，我的岳母之沉着稳重，有非常人所能及者。

那盘生炒鳝丝，我们无心享受。事实上若非文蔷远路归宁，季淑亦决不烹此异味，因为宰割鳝鱼厥状至惨，她雅不欲亲见杀生以恣口腹之欲。我们两人在外就膳，最喜“素菜之家”，清心寡欲，心安理得，她常说：“自奉欲俭，待人不可不丰。”我有时邀约友好到家小聚，季淑总是欣然筹划，亲自下厨，她说她喜欢为人服务。最熟的三五朋友偶然来家午膳，季淑常以馅饼飨客，包制馅饼之法她得到母亲的真传，皮薄而匀，不干不破，客人无不击赏，他们因自号为“馅饼小姐”。有一回一位朋友食季淑亲制之葱油饼，松软而酥脆，不禁翘起拇指，赞曰：“江南第一！”

季淑以主持中馈为荣，我亦以陪她商略膳食为乐。买菜之事很少委之用人，尤其是我退休以后空闲较多，她每隔两日提篮上市，我必与俱。她提竹篮，我携皮包，缓步而行，绕市一匝，满载而归。市廛摊贩几乎无人不识这一对皤皤老者，因为我们举目四望很难发现再有这样一对。回到家里，倾筐倒箧，堆满桌上，然后我们就对面而坐，剥豌豆，掐豆芽，劈菜心……差不多一小时，一面手不停挥，一面闲话家常。随后我就去做我的工作，等到一声“吃饭”我便坐享其成。十二时午饭，六时晚饭，准时用餐，往往是分秒不爽，多少年来总是如此。

帮我们做工的 W 小姐，做了五年之后于归，我们舍不得她去，季淑为她置备一些用品，又送她一架缝纫机，由我们家里登上彩车而去。以后她还常来探视我们。

我的生日在腊八那一天，所以不容易忘过。天还未明，我的耳边就有她的声音："腊七腊八儿，冻死寒鸦儿，我的寒鸦儿冻死了没有?"我要她多睡一会儿，她不肯，匆匆爬起来就往厨房跑，去熬一大锅腊八粥。等我起身，热乎乎的一碗粥已经端到我的跟前。这一锅粥，她事前要准备好几天，跑几趟街才能勉强办齐基本的几样粥果，核桃要剥皮，瓜子也要去皮，红枣要刷洗，白果要去壳——好费手脚。我劝她免去这个旧俗，她说："不，一年只此一遭，我要给你做。"她年年不忘，直到来了美国最后两年，格于环境，她才抱憾地罢手。头一年腊八，她在我的纪念册上画了一幅兰花，第二年腊八，将近甲寅，她为我写了一个"一笔虎"，缀以这样的几个字：

华：

明年是你的本命年，

我写一笔虎，

祝你寿绵绵，

我不要你风生虎啸，

我愿你老来无事饱加餐。

季淑

"无事""加餐"，谈何容易！我但愿能不辜负她的愿望。

有一天我们闲步，巷口邻家的一个小女孩立在门口，用她的小指头指着季淑说："你老啦，你的头发都白啦。"童言无忌，相与一笑。回家之后季淑就说："我想去染头发。"我说："千万不要。我爱你的本色。头白不白，没有关系，不过我们是已经到了偕老的阶段。"从这天起，我开始考虑退休的问题。我需要更多的时间享受我的家庭生活，也需要更多的时间译完我久已应该完成的《莎士比亚全集》，在季淑充分谅解与支持之下，我于一九六六年夏奉准退休，结束了我在教育界四十年的服务。

八月十四日师大英语系及英语研究所同人邀宴我们夫妇于欣欣餐厅，出席者六十人，我们很兴奋也很感慨。我们于二十四日设宴于北投金门饭店答谢同人，并游野柳。退休之后，我们无忧无虑到处闲游了几天。最近的地方是阳明山，我们寻幽探胜专找那些没有游人肯去的地方。我有午睡习惯，饭后至旅舍辟室休息，携手走出的时候旅舍主人往往投以奇异的眼光，好像是不大明白这样一对老人到这里来是搞什么勾当。有一天季淑说："青草湖好不好？"我说："管它好不好！去！"一所破庙，一塘泥水，但也有一点野趣，我们的兴致很高。更有时季淑备了卤菜，我们到荣星花园去野餐，也能度过一个愉快的半天。

我没有忘记翻译莎氏戏剧，我伏在案头辄不知时刻，季淑不时地喊我："起来！起来！陪我到院里走走。"她是要我休息，于是相偕出门赏玩她手栽的一草一木。我翻译莎氏，没有什么报酬可言，穷年累月，兀兀不休，其间也很少得到鼓励，漫漫长途中陪伴我、体贴我的只有季淑一人。最后三十七种剧本译竟，由远东图书公司出版，一九六七年八月六日承朋友们的厚爱，以"中国文艺协会""中国青年写作协会""台湾省妇女写作协会""中国语文学会"的名义发起在台北举行庆祝会，到会者约三百人，主其事者是刘白如、赵友培、王蓝等几位先生。有两位女士代表献花给我们夫妇，我对季淑说："好像我们又在结婚似的。"是日《中华日报》有一段报道，说我是"三喜临门"："一喜，三十七本莎翁戏剧出版了，这是台湾省的第一部由一个人译成的全集；二喜，梁实秋和他的老伴结婚四十周年；三喜，他的爱女梁文蔷带着丈夫邱士耀和两个宝宝由美国回来看公公。"三喜临门固然使我高兴，最能使我感动的另有两件事：一是谢冰莹先生在庆祝会中致辞，大声疾呼："莎氏全集的翻译之完成，应该一半归功于梁夫人!”一是《世界画刊》的社长张自英先生在我书房壁上看见季淑的照片，便要求取去制版，刊在他的第三百二十三期画报上，并加注明：“这是梁夫人程季淑女士——在四十二年前——年轻时的玉照，大家认为梁先生的成就，一半应该归功于他的夫人。”他们二位异口同声说出了一个妻子对于她的丈夫之重要。她容忍我这么多年做这样没有急功近利可图的工作，而且给我制造身心愉快的环境，使我能安心地专于其事。

文蔷、士耀和两个孩子在台住了一年零九个月，给了我们很大的安慰，可是他们终于去了，又使我们惘然。我用了一年的工夫译了莎士比亚的三部诗，全集四十册算是名副其实地完成了，从此与莎士比亚暂时告别。一九六八年春天，我重读近人一篇短篇小说，题名是《迟些聊胜于无》(Better Late Than Never)，描述一个老人退休后领了一笔钱带着他的老妻补做蜜月旅行，甚为动人，我曾把它收入我所编的高中英语教科书，如今想想这也正是我现在应该做的事。我向季淑提议到美国去游历一番，探视文蔷一家，顺便补偿我们当初结婚后没有能享受的蜜月旅行，她起初不肯，我就引述那篇小说里的一句话：“什么，一个新娘子拒绝和她的丈夫做蜜月旅行!”她这才没有话说。我们于一九七〇年四月二十一日飞往美国，度我们的蜜月，不是一个月，是约四个月，于八月十九日返回台北，这是我们的一个豪华的扩大的迟来的蜜月旅行，途中经过俱见我所写的一个小册《西雅图杂记》。

伤　逝

美国不是一个适于老年人居住的地方。一棵大树，从土里挖出来，移植到另外一个地方去，都不容易活，何况人？人在本乡本土的文化里根深蒂固，一挖起来总要伤根，到了异乡异地水土不服自是意料中事。季淑肯到美国来，还不是为了我？

西雅图地方好，旧地重游，当然兴奋。季淑看到了她两年前买的一棵山杜鹃已长大了不少，心里很欢喜。有人怨此地气候潮湿，我们从台湾来的人只觉得其空气异常干燥舒适。她来此后风湿性关节炎没有严重地复发过，我们私心窃喜。每逢周末，士耀驾车，全家出外郊游，她的兴致总是很高，咸水公园捞海带，植物园池塘饲鸭，摩基提欧轮渡码头喂海鸥，奥林匹亚啤酒厂参观酿造，斯诺夸密观瀑，义勇军公园温室赏花，布欧尔农庄摘豆，她常常乐而忘疲。从前去过加拿大维多利亚拔卓特花园，那里的球茎秋海棠如云似锦，她常念念不忘。但是她仍不能不怀念安东街寓所她手植的那棵面包树，那棵树依然无恙，我在一九七三年一月十一日（壬子腊八）戏填一首俚词给她看：

恼煞无端天末去。几度风狂，不道岁云暮。莫叹旧居无觅处，犹存墙角面包树。　　目断长空迷津渡。泪眼倚楼，楼外青无数。往事如烟如柳絮，相思便是春常驻。

事实上她从来不对任何人有任何怨诉，只是有的时候对我掩不住她的一缕乡愁。

在百无聊赖的时候季淑就织毛线。她的视神经萎缩，不能多阅读，织毛线可以不太耗目力。在织了好多件成品之后她要给我织一件毛衣，我怕她太劳累，宁愿继续穿那一件旧的深红色的毛衣，那也是她给我织的，不过是四十几年前的事了。我开始穿那红毛衣的时候，杨金甫还笑我是“暗藏春色”。如今这红毛衣已经磨得光平，没有一点毛。有一天她得便买了毛线回来，天蓝色的，十分美观，没有用多少工夫就织成了，上身一试，服服帖帖。她说：“我给你织这一件，要你再穿四十年。”

岁月不饶人，我们两个都垂垂老矣，有一天，她抚摩着我的头发，说：“你的头发现在又细又软，你可记得从前有一阵你不愿进理发馆，我给你理发，你的头发又多又粗，硬得像是板刷，一剪子下去，头发渣迸得满处都是。”她这几句话引我想起英国诗人朋士（Robert Bums）的一首小诗：

John Anderson My Jo

John Anderson my jo，John，
　When we were first acquent，
Your locks were like the raven，
　Your bonie brow was brent；
But now your brow is beld，John，
　Your locks are like the snaw，
But blessings on your frosty pow，
　John Anderson my jo！

John Anderson my jo，John，
　We clamb the hill thegither，
And monie a canty day，John，
　We've had wi'ane anither：
Now we maun totter down，John，
　And hand in hand we'll go，
And sleep thegither at the foot，
　John Anderson my jo！

约翰安德森我的心肝

约翰安德森我的心肝，约翰，

想当初我们俩刚刚相识的时候，
你的头发黑得像是乌鸦一般，
你的美丽的前额光光溜溜；
但是如今你的头秃了，约翰，
你的头发白得像雪一般，
但愿上天降福在你的白头上面，
约翰安德森我的心肝！

约翰安德森我的心肝，约翰，
我们俩一同爬上山去，
很多快乐的日子，约翰，
我们是在一起过的：
如今我们必须蹒跚地下去，约翰，
我们要手拉着手地走下山去，
在山脚下长眠在一起，
约翰安德森我的心肝！

我们两个很爱这首诗，因为我们深深理会其中深挚的情感与哀伤的意味。我们就是正在“手拉着手地走下山”。我们在一起低吟这首诗不知有多少遍！

季淑怵上楼梯，但是餐后回到室内须要登楼，她就四肢着地地爬上去。她常穿一件黑毛绒线的上衣，宽宽大大的，毛毛茸茸的，在爬楼的时候我常戏言：“黑熊，爬上去！”她不以为忤，掉转头来对我吼一声，做咬人状。可是进入室内，她就倒在我的怀内，我感觉到她的心脏扑通扑通地跳。

我们不讳言死，相反的，还常谈论到这件事。季淑说：“我们已经偕老，没有遗憾，但愿有一天我们能够口里喊着‘一、二、三’，然后一起同时死去。”这是太大的奢望，恐怕总要有个先后。先死者幸福，后死者苦痛。她说她愿先死，我说我愿先死。可是略加思索，我就改变主张，我说：“那后死者的苦痛还是让我来承当吧!”她谆谆地叮嘱我说，万一她先我而化，我须要怎样地照顾我自己，诸如工作的时间不要太长，补充的药物不要间断，散步必须持之以恒，甜食不可贪恋——没有一项琐节她不曾想到。

我想手拉着手地走下山，也许尚有一段路程。申请长久居留的手续已经办了一年多，总有一天会得到结果，我们将双双地回到本国的土地上去走一遭。再过两年多，便是我们结婚五十周年，在可能范围内要庆祝一番，我们私下里不知商量出多少个计划。谁知道这两个期望都落了空!

四月三十日那个不祥的日子！命运突然攫去了她的生命！上午十点半我们手拉着手到附近市场去买一些午餐的食物，市场门前一个梯子忽然倒下，正好击中了她。送医院急救，手术后未能醒来，遂与世长辞。在进入手术室之前的最后一刻，她重复地对我说：“华，你不要着急！华，你不要着急!”这是她最后对我说的一句话，她直到最后还是不放心我，她没有顾虑到她自己的安危。到了手术室门口，医师要我告诉她，请她不要紧张，最好是笑一下，医师也就可以轻松地执行他的手术。她真的笑了，这是我在她生时最后看到的她的笑容！她在极痛苦的时候，还是应人之请做出了一个笑容！她一生茹苦含辛，不愿使任何别人难过。

我说这是命运，因为我想不出别的任何理由可以解释。我问天，天不语。哈代（Thomas Hardy）有一首诗《二者的辐合》（The convergence of the Twain），写一九一二年四月十五日豪华邮轮铁达尼号在大西洋上做处女航，和一座海上漂流的大冰山相撞，死亡在一千五百人以上。在时间上、空间上配合得那样巧，以至造成那样的大悲剧。季淑遭遇的意外，亦正与此仿佛，不是命运是什么？人世间时常没有公道，没有报应，只是命运，盲目的命运！我像一棵树，突然一声霹雳，电火殛毁了半劈的树干，还剩下半株，有枝有叶，还活着，但是生意尽矣。两个人手拉着手地走下山，一个突然倒下去，另一个只好踉踉跄跄地独自继续他的旅程！

本文曾引录潘岳的《悼亡诗》，其中有一句："上惭东门吴。"东门吴是人名，复姓东门，春秋魏人。《列子·力命》："魏人有东门吴者，其子死而不忧，其相室曰：'公之爱子，天下无有，今子死，不忧何也？'东门吴曰：'吾尝无子，无子之时不忧；今子死，乃与向无子同，臣奚忧焉？'"这个说法是很勉强的。我现在茕然一鳏，其心情并不同于当初独身未娶时。多少朋友劝我节哀顺变，变故之来，无可奈何，只能顺承，而哀从中来，如何能节？我希望人死之后尚有鬼魂，夜眠闻声惊醒，以为亡魂归来，而竟无灵异。白昼萦想，不能去怀，希望梦寐之中或可相觏，而竟不来入梦！环顾室中，其物犹故，其人不存。元微之《悼亡诗》有句："唯将终夜常开眼，报答平生未展眉！"我固不仅是终夜常开眼也。

季淑逝后之翌日，得此间移民局通知前去检验体格，然后领取证书。又逾数十日得大陆子女消息。我只能到她的坟墓去涕泣以告。六月三日师大英语系同人在台北善导寺设奠追悼，吊者二百余人，我不能亲去一恸，乃请陈秀英女士代我答礼，又信笔写一对联寄去，文曰："形影不离，五十年来成梦幻；音容宛在，八千里外吊亡魂。"是日我亦持诵《金刚经》一遍，口诵"一切有为法，如梦、幻、泡、影，如露亦如电，应作如是观"，而我心有驻，不能免于实执。五十余年来，季淑以其全部精力、情感奉献给我，我能何以为报？秦嘉《赠妇诗》：

> 诗人感木瓜，乃欲答瑶琼。
> 愧彼赠我厚，惭此往物轻。
> 虽知未足报，贵用叙我情。

缅怀既往，聊当一哭！衷心伤悲，掷笔三叹！

一九七四年八月二十九日于美国西雅图

作者信息

梁实秋（1903—1987），原名梁治华，字实秋，笔名秋郎等，浙江杭县（今杭州）人，生于北京。散文家、文学评论家、翻译家。1915 年就学于清华学校（今清华大学），1923 年赴美留学，回国后历任东南大学、暨南大学、青岛大学、北京大学等校教授。曾主编上海《时事新报》副刊《青光》、《新月》月刊等，并从事文艺批评，鼓吹白璧德的新人文主义，由此引发一场与鲁迅等左翼作家的争论。1949 年后曾任台湾省立师范大学文学院院长。1987 年病逝于台北。创作以散文小品著称，风格朴实隽永，常旁征博引，有幽默感。主要著作有散文集《雅舍小品》，译著《莎士比亚全集》等。

品鉴

《槐园梦忆》是梁实秋悼念故妻程秀淑的一篇回忆性散文，情感真挚，催人泪下。作者没有呼天抢地地哀号，而是选取了生活中的几件事情、几个细节加以描述，将夫妻生活中的情趣和二人的深厚感情娓娓道来，委婉深情地表达了对妻子的深深眷恋和对二人共同生活岁月的珍视。

爱之越深，突然分离的打击也就越沉重。文中最后几段夹叙夹议地引经据典，细腻刻画出一个丈夫突然失去爱妻后的种种情状，让读者深切体会到作者的悲痛和对亡妻刻骨铭心的思念，感人至深。

我与地坛

史铁生

一

我在好几篇小说中都提到过一座废弃的古园，实际就是地坛。许多年前旅游业还没有开展，园子荒芜冷落得如同一片野地，很少被人记起。

地坛离我家很近。或者说我家离地坛很近。总之，只好认为这是缘分。地坛在我出生前四百多年就坐落在那儿了。而自从我的祖母年轻时带着我父亲来到北京，就一直住在离它不远的地方——五十多年间搬过几次家，可搬来搬去总是在它周围，而且是越搬离它越近了。我常觉得这中间有着宿命的味道：仿佛这古园就是为了等我，而历尽沧桑在那儿等待了四百多年。

它等待我出生，然后又等待我活到最狂妄的年龄上忽地残废了双腿。四百多年里，它一面剥蚀了古殿檐头浮夸的琉璃，淡褪了门壁上炫耀的朱红，坍圮了一段段高墙又散落了玉砌雕栏，祭坛四周的老柏树愈见苍幽，到处的野草荒藤也都茂盛得自在坦荡。这时候想必我是该来了。十五年前的一个下午，我摇着轮椅进入园中，它为一个失魂落魄的人把一切都准备好了。那时，太阳循着亘古不变的路途正越来越大，也越红。在满园弥漫的沉静光芒中，一个人更容易看到时间，并看见自己的身影。

自从那个下午我无意中进了这园子，就再没长久地离开过它。我一下子就理解了它的意图。正如我在一篇小说中所说的："在人口密聚的城市里，有这样一个宁静的去处，像是上帝的苦心安排。"

两条腿残废后的最初几年，我找不到工作，找不到去路，忽然间几乎什么都找不到了，我就摇了轮椅总是到它那儿去，仅为着那儿是可以逃避一个世界的另一个世界。我在那篇小说中写道："没处可去我便一天到晚耗在这园子里。跟上班下班一样，别人去上班我就摇了轮椅到这儿来。""园子无人看管，上下班时间有些抄近路的人们从园中穿过，园子里活跃一阵，过后便沉寂下来。""园墙在金晃晃的空气中斜切下一溜阴凉，我把轮椅摇进去，把椅背放倒，坐着或是躺着，看书或者想事，撅一杈树枝左右拍打，驱赶那些和我一样不明白为什么要来这世上的小昆虫。""蜂儿如一朵小雾稳稳地停在半空；蚂蚁摇头晃脑捋着触须，猛然间想透了什么，转身疾行而去；瓢虫爬得不耐烦了，累了，祈祷一回便支开翅膀，忽悠一下升空了；树干上留着一只蝉蜕，寂寞如一间空屋；露水在草叶上滚动，聚集，压弯了草叶轰然坠地摔开万道金光。""满园子都是草木竞相生长弄出的响动，窸窸窣窣窸窸窣窣片刻不息。"这都是真实的记录，园子荒芜但并不衰败。

除去几座殿堂我无法进去，除去那座祭坛我不能上去而只能从各个角度张望它，地坛的每一棵树下我都去过，差不多它的每一米草地上都有过我的车轮印。无论是什么季节，什么天气，什么时间，我都在这园子里待过。有时候待一会儿就回家，有时候就待到满地上都亮起月光。记不清都是在它的哪些角落里了，我一连几小时专心致志地想关于死的事，也以同样的耐心和方式想过我为什么要出生。这样想了好几年，最后事情终于弄明白了：一个人，出生了，这就不再是一个可以辩论的问题，而只是上帝交给他的一个事实；上帝在交给我们这件事实的时候，已经顺便保证了它的结果，所以死是一件不必急于求成的事，死是一个必然会降临的节日。

这样想过之后我安心多了，眼前的一切不再那么可怕。比如你起早熬夜准备考试的时候，忽然想起有一个长长的假期在前面等待你，你会不会觉得轻松一点？并且庆幸并且感激这样的安排？

剩下的就是怎样活的问题了。这却不是在某一个瞬间就能完全想透的，不是能够一次性解决的事，怕是活多久就要想它多久了，就像是伴你终生的魔鬼或恋人。所以，十五年了，我还是总得到那古园里去，去它的老树下或荒草边或颓墙旁，去默坐，去呆想，去推开耳边的嘈杂理一理纷乱的思绪，去窥看自己的心魂。十五年中，这古园的形体被不能理解它的人肆意雕琢，幸好有些东西是任谁也不能改变它的。譬如祭坛石门中的落日，寂静的光辉平铺的一刻，地上的每一个坎坷都被映照得灿烂；譬如在园中最为落寞的时间，一群雨燕便出来高歌，把天地都叫喊得苍凉；譬如冬天雪地上孩子的脚印，总让人猜想他们是谁，曾在那儿做过些什么，然后又都到哪儿去了；譬如那些苍黑的古柏，你忧郁的时候它们镇静地站在那儿，你欣喜的时候它们依然镇静地站在那儿，它们没日没夜地站在那儿从你没有出生一直站到这个世界上又没了你的时候；譬如暴雨骤临园中，激起一阵阵灼烈而清纯的草木和泥土的气味，让人想起无数个夏天的事件；譬如秋风忽至，再有一场早霜，落叶或飘摇歌舞或坦然安卧，满园中播散着熨帖而微苦的味道。味道是最说不清楚的，味道不能写只能闻，要你身临其境去闻才能明了。味道甚至是难于记忆的，只有你又闻到它你才能记起它的全部情感和意蕴。所以我常常要到那园子里去。

二

现在我才想到，当年我总是独自跑到地坛去，曾经给母亲出了一个怎样的难题。

她不是那种光会疼爱儿子而不懂得理解儿子的母亲。她知道我心里的苦闷，知道不该阻止我出去走走，知道我要是老待在家里结果会更糟，但她又担心我一个人在那荒僻的园子里整天都想些什么。我那时脾气坏到极点，经常是发了疯一样地离开家，从那园子里回来又中了魔似的什么话都不说。母亲知道有些事不宜问，便犹犹豫豫地想问而终于不敢问，因为她自己心里也没有答案。她料想我不会愿意她跟我一同去，所以她从未这样要求过，她知道得给我一点独处的时间，得有这样一段过程。她只是不知道这过程得要多久，和这过程的尽头究竟是什么。每次我要动身时，她便无言地帮我准备，帮助我上了轮椅车，看着我摇车拐出小院；这以后她会怎样，当年我不曾想过。

有一回我摇车出了小院，想起一件什么事又返身回来，看见母亲仍站在原地，还是送我走时的姿势，望着我拐出小院去的那处墙角，对我的回来竟一时没有反应。待她再次送我出门的时候，她说："出去活动活动，去地坛看看书，我说这挺好。"许多年以后我才渐渐听出，母亲这话实际上是自我安慰，是暗自的祷告，是给我的提示，是恳求与嘱咐。只是在她猝然去世之后，我才有余暇设想。当我不在家里的那些漫长的时间，她是怎样心神不定坐卧难宁，兼着痛苦与惊恐与一个母亲最低限度的祈求。现在我可以断定，以她的聪慧和坚忍，在那些空落的白天后的黑夜，在那不眠的黑夜后的白天，她思来想去最后准是对自己说："反正我不能不让他出去，未来的日子是他自己的，如果他真的要在那园子里出了什么事，这苦难也只好我来承担。"在那段日子里——那是好几年前的一段日子，我想我一定使母亲做过了最坏的准备了，但她从来没有对我说过："你为我想想。"事实上我也真的没为她想过。那时她的儿子还太年轻，还来不及为母亲想，他被命运击昏了头，一心以为自己是世上最不幸的一个，不知道儿子的不幸在母亲那儿总是要加倍的。她有一个长到二十岁上忽然截瘫了的儿子，这是她唯一的儿子，她情愿截瘫的是自己而不是儿子，可这事无法代替；她想，只要儿子能活下去哪怕自己去死呢也行，可她又确信一个人不能仅仅是活着，儿子得有一条路走向自己的幸福；而这条路呢，没有谁能保证她的儿子终于能找到。——这样一个母亲，注定是活得最苦的母亲。

有一次与一个作家朋友聊天，我问他学写作的最初动机是什么？他想了一会说："为我母亲。为了让她骄傲。"我心里一惊，良久无言。回想自己最初写小说的动机，虽不似这位朋友的那般单纯，但如他一样的愿望我也有，且一经细想，发现这愿望也在全部动机中占了很大比重。这位朋友说："我的动机太低俗了吧？"我光是摇头，心想低俗并不见得低俗，只怕是这愿望过于天真了。他又说："我那时真就是想出名，出了名让别人羡慕我母亲。"我想，他比我坦率。我想，他又比我幸福，因为他的母亲还活着。而且我想，他的母亲也比我的母亲运气好，他的母亲没有一个双腿残废的儿子，否则事情就不这么简单。

在我的头一篇小说发表的时候，在我的小说第一次获奖的那些日子里，我真是多么希望我的母亲还活着。我便又不能在家里待了，又整天整天独自跑到地坛去，心里是没头没尾的沉郁和哀怨，走遍整个园子却怎么也想不通：母亲为什么就不能再多活两年？为什么在她的儿子就快要碰撞开一条路的时候，她却忽然熬不住了？莫非她来此世上只是为了替儿子担忧，却不该分享我的一点点快乐？她匆匆离我去时才只有四十九岁呀！有那么一会，我甚至对世界对上帝充满了仇恨和厌恶。后来我在一篇题为《合欢树》的文章中写道："我坐在小公园安静的树林里，闭上眼睛，想，上帝为什么早早地召母亲回去呢？很久很久，迷迷糊糊的我听见了回答：'她心里太苦了，上帝看她受不住了，就召她回去。'我似乎得了一点安慰，睁开眼睛，看见风正从树林里穿过。"小公园，指的也是地坛。

只是到了这时候，纷纭的往事才在我眼前幻现得清晰，母亲的苦难与伟大才在我心中渗透得深彻。上帝的考虑，也许是对的。

摇着轮椅在园中慢慢走，又是雾罩的清晨，又是骄阳高悬的白昼，我只想着一件事：母亲已经不在了。在老柏树旁停下，在草地上在颓墙边停下，又是处处虫鸣的午后，又是鸟儿归巢的傍晚，我心里只默念着一句话：可是母亲已经不在了。把椅背放倒，躺下，似睡非睡挨到日没，坐起来，心神恍惚，呆呆地直坐到古祭坛上落满黑暗然后再渐渐浮起月光，心里才有点明白：母亲不能再来这园中找我了。

曾有过好多回，我在这园子里待得太久了，母亲就来找我。她来找我又不想让我发觉，只要见我还好好地在这园子里，她就悄悄转身回去，我看见过几次她的背影。我也看见过几回她四处张望的情景，她视力不好，端着眼镜像在寻找海上的一条船；她没看见我时我已经看见她了，待我看见她也看见我了我就不去看她，过一会我再抬头看她就又看见她缓缓离去的背影。我无法知道有多少回她没有找到我。有一回我坐在矮树丛中，树丛很密，我看见她没有找到我；她一个人在园子里走，走过我的身旁，走过我经常待的一些地方，步履茫然又急迫。我不知道她已经找了多久还要找多久，我不知道为什么我决意不喊她——但这绝不是小时候的捉迷藏，这也许是出于长大了的男孩子的倔强或羞涩？但这倔强只留给我痛悔，丝毫也没有骄傲。我真想告诫所有长大了的男孩子，千万不要跟母亲来这套倔强，羞涩就更不必，我已经懂了可我已经来不及了。

儿子想使母亲骄傲，这心情毕竟是太真实了，以致使“想出名”这一声名狼藉的念头也多少改变了一点形象。这是个复杂的问题，且不去管它了吧。随着小说获奖的激动逐日暗淡，我开始相信，至少有一点我是想错了：我用纸笔在报刊上碰撞开的一条路，并不就是母亲盼望我找到的那条路。年年月月我都到这园子里来，年年月月我都要想，母亲盼望我找到的那条路到底是什么？母亲生前没给我留下过什么隽永的哲言，或要我恪守的教诲，只是在她去世之后，她艰难的命运、坚忍的意志和毫不张扬的爱，随光阴流转，在我的印象中愈加鲜明深刻。

有一年，10月的风又翻动起安详的落叶，我在园中读书，听见两个散步的老人说："没想到这园子有这么大。"我放下书，想，这么大一座园子，要在其中找到她的儿子，母亲走过了多少焦灼的路。多年来我头一次意识到，这园中不单是处处都有过我的车辙，有过我的车辙的地方也都有过母亲的脚印。

三

如果以一天中的时间来对应四季，当然春天是早晨，夏天是中午，秋天是黄昏，冬天是夜晚。如果以乐器来对应四季，我想春天应该是小号，夏天是定音鼓，秋天是大提琴，冬天是圆号和长笛。要是以这园子里的声响来对应四季呢？那么，春天是祭坛上空飘浮着的鸽子的哨音，夏天是冗长的蝉歌和杨树叶子哗啦啦地对蝉歌的取笑，秋天是古殿檐头的风铃响，冬天是啄木鸟随意而空旷的啄木声。以园中的景物对应四季，春天是一径时而苍白时而黑润的小路，时而明朗时而阴晦的天上摇荡着串串杨花；夏天是一条条耀眼而灼人的石凳，或阴凉而爬满了青苔的石阶，阶下有果皮，阶上有半张被坐皱的报纸；秋天是一座青铜的大钟，在园子的西北角上曾丢弃着一座很大的铜钟，铜钟与这园子一般年纪，浑身挂满绿锈，文字已不清晰；冬天，是林中空地上几只羽毛蓬松的老麻雀。以心绪对应四季呢？春天是卧病的季节，否则人们不易发觉春天的残忍与渴望；夏天，情人们应该在这个季节里失恋，不然就似乎对不起爱情；秋天是从外面买一棵盆花回家的时候，把花搁在阔别了的家中，并且打开窗户把阳光也放进屋里，慢慢回忆慢慢整理一些发过霉的东西；冬天伴着火炉和书，一遍遍坚定不死的决心，写一些并不发出的信。还可以用艺术形式对应四季，这样春天就是一幅画，夏天是一部长篇小说，秋天是一首短歌或诗，冬天是一群雕塑。以梦呢？以梦对应四季呢？春天是树尖上的呼喊，夏天是呼喊中的细雨，秋天是细雨中的土地，冬天是干净的土地上的一只孤零的烟斗。

因为这园子，我常感恩于自己的命运。

我甚至现在就能清楚地看见，一旦有一天我不得不长久地离开它，我会怎样想念它，我会怎样想念它并且梦见它，我会怎样因为不敢想念它而梦也梦不到它。

四

现在让我想想，十五年中坚持到这园子来的人都有谁呢？好像只剩了我和一对老人。

十五年前，这对老人还只能算是中年夫妇，我则货真价实还是个青年。他们总是在薄暮时分来园中散步，我不大弄得清他们是从哪边的园门进来，一般来说他们是逆时针绕这园子走。男人个子很高，肩宽腿长，走起路来目不斜视，胯以上直至脖颈挺直不动；他的妻子攀了他一条胳膊走，也不能使他的上身稍有松懈。女人个子却矮，也不算漂亮，我无端地相信她必出身于家道中衰的名门富族；她攀在丈夫胳臂上像个娇弱的孩子，她向四周观望似总含着恐惧，她轻声与丈夫谈话，见有人走近就立刻怯怯地收住话头。我有时因为他们而想起冉阿让与柯赛特，但这想法并不巩固，他们一望即知是老夫老妻。两个人的穿着都算得上考究，但由于时代的演进，他们的服饰又可以称为古朴了。他们和我一样，到这园子里来几乎是风雨无阻，不过他们比我守时。我什么时间都可能来，他们则一定是在暮色初临的时候。刮风时他们穿了米色风衣，下雨时他们打了黑色的雨伞，夏天他们的衬衫是白色的，裤子是黑色的或米色的，冬天他们的呢子大衣又都是黑色的，想必他们只喜欢这三种颜色。他们逆时针绕这园子一周，然后离去。他们走过我身旁时只有男人的脚步响，女人像是贴在高大的丈夫身上跟着漂移。我相信他们一定对我有印象，但是我们没有说过话，我们互相都没有想要接近的表示。十五年中，他们或许注意到一个小伙子进入了中年，我则看着一对令人羡慕的中年情侣不觉中成了两个老人。

曾有过一个热爱唱歌的小伙子，他也是每天都到这园中来，来唱歌，唱了好多年，后来不见了。他的年纪与我相仿，他多半是早晨来，唱半小时或整整唱一个上午，估计在另外的时间里他还得上班。我们经常在祭坛东侧的小路上相遇，我知道他是到东南角的高墙下去唱歌，他一定猜想我去东北角的树林里做什么。我找到我的地方，抽几口烟，便听见他谨慎地整理歌喉了。他反反复复唱那么几首歌。“文化革命”没过去的时候，他唱“蓝蓝的天上白云飘，白云下面马儿跑……”我老也记不住这歌的名字。“文革”后，他唱《货郎与小姐》中那首最为流传的咏叹调。“卖布——卖布嘞，卖布——卖布嘞!”我记得这开头的一句他唱得很有声势，在早晨清澈的空气中，货郎跑遍园中的每一个角落去恭维小姐。“我交了好运气，我交了好运气，我为幸福唱歌曲……”然后他就一遍一遍地唱，不让货郎的激情稍减。依我听来，他的技术不算精到，在关键的地方常出差错，但他的嗓子是相当不坏的，而且唱一个上午也听不出一点疲惫。太阳也不疲惫，把大树的影子缩小成一团，把疏忽大意的蚯蚓晒干在小路上。将近中午，我们又在祭坛东侧相遇，他看一看我，我看一看他，他往北去，我往南去。日子久了，我感到我们都有结识的愿望，但似乎都不知如何开口，于是互相注视一下终又都移开目光擦身而过；这样的次数一多，便更不知如何开口了。终于有一天——一个丝毫没有特点的日子，我们互相点了一下头，他说："你好。"我说："你好。"他说："回去啦？"我说："是，你呢？"他说："我也该回去了。"我们都放慢脚步（其实我是放慢车速），想再多说几句，但仍然是不知从何说起，这样我们就都走过了对方，又都扭转身子面向对方。他说："那就再见吧。"我说："好，再见。"便互相笑笑各走各的路了，但是我们没有再见，那以后，园中再没了他的歌声，我才想到，那天他或许是有意与我道别的，也许他考上哪家专业的文工团或歌舞团了吧？真希望他如他歌里所唱的那样，交了好运气。

还有一些人，我还能想起一些常到这园子里来的人。有一个老头，算得一个真正的饮者；他在腰间挂一个扁瓷瓶，瓶里当然装满了酒，常来这园中消磨午后的时光。他在园中四处游逛，如果你不注意你会以为园中有好几个这样的老头，等你看过了他卓尔不群的饮酒情状，你就会相信这是个独一无二的老头。他的衣着过分随便，走路的姿态也不慎重，走上五六十米路便选定一处地方，一只脚踏在石凳上或土埂上或树墩上，解下腰间的酒瓶，解酒瓶的当儿眯起眼睛把一百八十度视角内的景物细细看一遭，然后以迅雷不及掩耳之势倒一大口酒入肚，把酒瓶摇一摇再挂向腰间，平心静气地想一会什么，便走下一个五六十米去。还有一个捕鸟的汉子，那岁月园中人少，鸟却多，他在西北角的树丛中拉一张网，鸟撞在上面，羽毛戗在网眼里便不能自拔。他单等一种过去很多而现在非常罕见的鸟，其他的鸟撞在网上他就把它们摘下来放掉，他说已经有好多年没等到那种罕见的鸟了，他说他再等一年看看到底还有没有那种鸟，结果他又等了好多年。早晨和傍晚，在这园子里可以看见一个中年女工程师，早晨她从北向南穿过这园子去上班，傍晚她从南向北穿过这园子回家，事实上我并不了解她的职业或者学历，但我以为她必是个学理工的知识分子，别样的人很难有她那般的素朴并优雅。当她在园中穿行的时刻，四周的树林也仿佛更加幽静，清淡的日光中竟似有悠远的琴声，比如说是那曲《献给艾丽丝》才好。我没有见过她的丈夫，没有见过那个幸运的男人是什么样子，我想象过却想象不出，后来忽然懂了想象不出才好，那个男人最好不要出现。她走出北门回家去，我竟有点担心，担心她会落入厨房，不过，也许她在厨房里劳作的情景更有另外的美吧，当然不能再是《献给艾丽丝》，是个什么曲子呢？还有一个人，是我的朋友，他是个最有天赋的长跑家，但他被埋没了。他因为在“文革”中出言不慎而坐了几年牢，出来后好不容易找了个拉板车的工作，样样待遇都不能与别人平等，苦闷极了便练习长跑。那时他总来这园子里跑，我用手表为他计时，他每跑一圈向我招一下手，我就记下一个时间。每次他要环绕这园子跑二十圈，大约两万米。他盼望以他的长跑成绩来获得政治上真正的解放，他以为记者的镜头和文字可以帮他做到这一点。第一年他在春节环城赛上跑了第十五名，他看见前十名的照片都挂在了长安街的新闻橱窗里，于是有了信心。第二年他跑了第四名，可是新闻橱窗里只挂了前三名的照片，他没灰心。第三年他跑了第七名，橱窗里挂前六名的照片，他有点怨自己。第四年他跑了第三名，橱窗里却只挂了第一名的照片。第五年他跑了第一名——他几乎绝望了，橱窗里只有一幅环城赛群众场面的照片。那些年我俩常一起在这园子里待到天黑，开怀痛骂，骂完沉默着回家，分手时再互相叮嘱：先别去死，再试着活一活看。现在他已经不跑了，年岁太大了，跑不了那么快了。最后一次参加环城赛，他以三十八岁之龄又得了第一名并破了纪录，有一位专业队的教练对他说：“我要是十年前发现你就好了。”他苦笑一下什么也没说，只在傍晚又来这园中找到我，把这事平静地向我叙说一遍。不见他已有好几年了，现在他和妻子和儿子住在很远的地方。

这些人现在都不到园子里来了，园子里差不多完全换了一批新人。十五年前的旧人，现在就剩我和那对老夫老妻了。有那么一段时间，这老夫老妻中的一个也忽然不来，薄暮时分唯男人独自来散步，步态也明显迟缓了许多，我心悬了很久，怕是那女人出了什么事。幸好过了一个冬天那女人又来了，两个人仍是逆时针绕着园子走，一长一短两个身影恰似钟表的两根指针；女人的头发白了许多，但依旧攀着丈夫的胳膊走得像个孩子。“攀”这个字用得不恰当了，或许可以用“搀”吧，不知有没有兼具这两意思的字。

五

我也没有忘记一个孩子——一个漂亮而不幸的小姑娘。十五年前的那个下午，我第一次到这园子里来就看见了她，那时她大约三岁，蹲在斋宫西边的小路上捡树上掉落的“小灯笼”。那儿有几棵大栾树，春天开一簇簇细小而稠密的黄花，花落了便结出无数如同三片叶子合抱的小灯笼，小灯笼先是绿色，继尔转白，再变黄，成熟了掉落得满地都是。小灯笼精巧得令人爱惜，成年人也不免捡了一个还要捡一个。小姑娘咿咿呀呀地跟自己说着话，一边捡小灯笼；她的嗓音很好，不是她那个年龄所常有的那般尖细，而是很圆润甚或是厚重，也许是因为那个下午园子里太安静了。我奇怪这么小的孩子怎么一个人跑来这园子里。我问她住在哪儿，她随手指一下，就喊她的哥哥，沿墙根一带的茂草之中便站起一个七八岁的男孩，朝我望望，看我不像坏人便对他的妹妹说：“我在这儿呢。”又伏下身去，他在捉什么虫子。他捉到螳螂、蚂蚱、知了和蜻蜓，来取悦他的妹妹。有那么两三年，我经常在那几棵大栾树下见到他们，兄妹俩总是在一起玩，玩得和睦融洽，都渐渐长大了些。之后有很多年没见到他们。我想他们都在学校里吧，小姑娘也到了上学的年龄，必是告别了孩提时光，没有很多机会来这儿玩了。这事很正常，没理由太搁在心上，若不是有一年我又在园中见到他们，肯定就会慢慢把他们忘记。

那是个礼拜日的上午。那是个晴朗而令人心碎的上午，时隔多年，我竟发现那个漂亮的小姑娘原来是个弱智的孩子。我摇着车到那几棵大栾树下去，恰又是遍地落满了小灯笼的季节；当时我正为一篇小说的结尾所苦，既不知为什么要给它那样一个结尾，又不知何以忽然不想让它有那样一个结尾，于是从家里跑出来，想依靠着园中的镇静，看看是否应该把那篇小说放弃。我刚刚把车停下，就见前面不远处有几个人在戏耍一个少女，做出怪样子来吓她，又喊又笑地追逐她拦截她，少女在几棵大树间惊惶地东跑西躲，却不松手揪住卷在怀里的裙裾，两条腿袒露着也似毫无察觉。我看出少女的智力是有些缺陷，却还没看出她是谁。我正要驱车上前为少女解围，就见远处飞快地骑车来了个小伙子，于是那几个戏耍少女的家伙望风而逃。小伙子把自行车支在少女近旁，怒目望着那几个四散逃窜的家伙，一声不吭喘着粗气，脸色如暴雨前的天空一样一会比一会苍白。这时我认出了他们，小伙子和少女就是当年那对小兄妹。我几乎是在心里惊叫了一声，或者是哀号。世上的事常常使上帝的居心变得可疑。小伙子向他的妹妹走去。少女松开了手，裙裾随之垂落下来，很多很多她捡的小灯笼便洒落一地，铺散在她脚下。她仍然算得漂亮，但双眸迟滞没有光彩。她呆呆地望那群跑散的家伙，望着极目之处的空寂，凭她的智力绝不可能把这个世界想明白吧？大树下，破碎的阳光星星点点，风把遍地的小灯笼吹得滚动，仿佛喑哑地响着无数小铃铛。哥哥把妹妹扶上自行车后座，带着她无言地回家去了。

无言是对的。要是上帝把漂亮和弱智这两样东西都给了这个小姑娘，就只有无言和回家去是对的。

谁又能把这世界想个明白呢？世上的很多事是不堪说的。你可以抱怨上帝何以要降诸多苦难给这人间，你也可以为消灭种种苦难而奋斗，并为此享有崇高与骄傲，但只要你再多想一步你就会坠入深深的迷茫了：假如世界上没有了苦难，世界还能够存在吗？要是没有愚钝，机智还有什么光荣呢？要是没了丑陋，漂亮又怎么维系自己的幸运？要是没有了恶劣和卑下，善良与高尚又将如何界定自己又如何成为美德呢？要是没有了残疾，健全会否因其司空见惯而变得腻烦和乏味呢？我常梦想着在人间彻底消灭残疾，但可以相信，那时将由患病者代替残疾人去承担同样的苦难。如果能够把疾病也全数消灭，那么这份苦难又将由（比如说）相貌丑陋的人去承担了。就算我们连丑陋，连愚昧和卑鄙和一切我们所不喜欢的事物和行为，也都可以统统消灭掉，所有的人都一样健康、漂亮、聪慧、高尚，结果会怎样呢？怕是人间的剧目就全要收场了，一个失去差别的世界将是一条死水，是一块没有感觉也没有肥力的沙漠。

看来差别永远是要有的。看来就只好接受苦难——人类的全部剧目需要它，存在的本身需要它。看来上帝又一次对了。

于是就有一个最令人绝望的结论等在这里：由谁去充任那些苦难的角色？又由谁去体现这世间的幸福、骄傲和快乐？只好听凭偶然，是没有道理好讲的。

就命运而言，休论公道。

那么，一切不幸命运的救赎之路在哪里呢？

设若智慧或悟性可以引领我们去找到救赎之路，难道所有的人都能够获得这样的智慧和悟性吗？

我常以为是丑女造就了美人。我常以为是愚氓举出了智者。我常以为是懦夫衬照了英雄。我常以为是众生度化了佛祖。

六

设若有一位园神，他一定早已注意到了，这么多年我在这园里坐着，有时候是轻松快乐的，有时候是沉郁苦闷的，有时候优哉游哉，有时候恓惶落寞，有时候平静而且自信，有时候又软弱，又迷茫。其实总共只有三个问题交替着来骚扰我，来陪伴我。第一个是要不要去死？第二个是为什么活？第三个，我干吗要写作？

现在让我看看，它们迄今都是怎样编织在一起的吧。

你说，你看穿了死是一件无须乎着急去做的事，是一件无论怎样耽搁也不会错过的事，便决定活下去试试？是的，至少这是很关键的因素。为什么要活下去试试呢？好像仅仅是因为不甘心，机会难得，不试白不试，腿反正是完了，一切仿佛都要完了，但死神很守信用，试一试不会额外再有什么损失。说不定倒有额外的好处呢是不是？我说过，这一来我轻松多了，自由多了。为什么要写作呢？“作家”是两个被人看重的字，这谁都知道。为了让那个躲在园子深处坐轮椅的人，有朝一日在别人眼里也稍微有点光彩，在众人眼里也能有个位置，哪怕那时再去死呢也就多少说得过去了。开始的时候就是这样想，这不用保密，这些现在不用保密了。

我带着本子和笔，到园中找一个最不为人打扰的角落，偷偷地写。那个爱唱歌的小伙子在不远的地方一直唱。要是有人走过来，我就把本子合上把笔叼在嘴里。我怕写不成反落得尴尬。我很要面子。可是你写成了，而且发表了。人家说我写得还不坏，他们甚至说：真没想到你写得这么好。我心说你们没想到的事还多着呢。我确实有整整一宿高兴得没合眼。我很想让那个唱歌的小伙子知道，因为他的歌也毕竟是唱得不错。我告诉我的长跑家朋友的时候，那个中年女工程师正优雅地在园中穿行；长跑家很激动，他说好吧，我玩命跑，你玩命写。这一来你中了魔了，整天都在想哪一件事可以写，哪一个人可以让你写成小说。是中了魔了，我走到哪儿想到哪儿，在人山人海里只寻找小说，要是有一种小说试剂就好了，见人就滴两滴看他是不是一篇小说，要是有一种小说显影液就好了，把它泼满全世界看看都是哪儿有小说，中了魔了，那时我完全是为了写作活着。结果你又发表了几篇，并且出了一点小名，可这时你越来越感到恐慌。我忽然觉得自己活得像个人质，刚刚有点像个人了却又过了头，像个人质，被一个什么阴谋抓了来当人质，不定哪天就被处决，不定哪天就完蛋。你担心要不了多久你就会文思枯竭，那样你就又完了。凭什么我总能写出小说来呢？凭什么那些适合作小说的生活素材就总能送到一个截瘫者跟前来呢？人家满世界跑都有枯竭的危险，而我坐在这园子里凭什么可以一篇接一篇地写呢？你又想到死了。我想见好就收吧。当一名人质实在是太累了太紧张了，太朝不保夕了。我为写作而活下来，要是写作到底不是我应该干的事，我想我再活下去是不是太冒傻气了？你这么想着你却还在绞尽脑汁地想写。我好歹又拧出点水来，从一条快要晒干的毛巾上。恐慌日甚一日，随时可能完蛋的感觉比完蛋本身可怕多了，所谓不怕贼偷就怕贼惦记，我想人不如死了好，不如不出生的好，不如压根儿没有这个世界的好。可你并没有去死。我又想到那是一件不必着急的事。可是不必着急的事并不证明是一件必要拖延的事呀？你总是决定活下来，这说明什么？是的，我还是想活。人为什么活着？因为人想活着，说到底是这么回事，人真正的名字叫作：欲望。可我不怕死，有时候我真的不怕死。有时候，——说对了。不怕死和想去死是两回事，有时候不怕死的人是有的，一生下来就不怕死的人是没有的。我有时候倒是怕活。可是怕活不等于不想活呀！可我为什么还想活呢？因为你还想得到点什么，你觉得你还是可以得到点什么的，比如说爱情，比如说价值感之类，人真正的名字叫欲望。这不对吗？我不该得到点什么吗？没说不该。可我为什么活得恐慌，就像个人质？后来你明白了，你明白你错了，活着不是为了写作，而写作是为了活着。你明白了这一点是在一个挺滑稽的时刻。那天你又说你不如死了好，你的一个朋友劝你：你不能死，你还得写呢，还有好多好作品等着你去写呢。这时候你忽然明白了，你说：只是因为我活着，我才不得不写作。或者说只是因为你还想活下去，你才不得不写作。是的，这样说过之后我竟然不那么恐慌了。就像你看穿了死之后所得的那份轻松？一个人质报复一场阴谋的最有效的办法是把自己杀死。我看出我得先把我杀死在市场上，那样我就不用参加抢购题材的风潮了。你还写吗？还写。你真的不得不写吗？人都忍不住要为生存找一些牢靠的理由。你不担心你会枯竭了？我不知道，不过我想，活着的问题在死之前是完不了的。

这下好了，你不再恐慌了不再是个人质了，你自由了。算了吧你，我怎么可能自由呢？别忘了人真正的名字是：欲望。所以你得知道，消灭恐慌的最有效的办法就是消灭欲望。可是我还知道，消灭人性的最有效的办法也是消灭欲望。那么，是消灭欲望同时也消灭恐慌呢，还是保留欲望同时也保留人性？

我在这园子里坐着，我听见园神告诉我：每一个有激情的演员都难免是一个人质。每一个懂得欣赏的观众都巧妙地粉碎了一场阴谋。每一个乏味的演员都是因为他老以为这戏剧与自己无关。每一个倒霉的观众都是因为他总是坐得离舞台太近了。

我在这园子里坐着，园神成年累月地对我说：孩子，这不是别的，这是你的罪孽和福祉。

七

要是有些事我没说，地坛，你别以为是我忘了，我什么也没忘，但是有些事只适合收藏。不能说，也不能想，却又不能忘。它们不能变成语言，它们无法变成语言，一旦变成语言就不再是它们了。它们是一片朦胧的温馨与寂寥，是一片成熟的希望与绝望，它们的领地只有两处：心与坟墓。比如说邮票，有些是用于寄信的，有些仅仅是为了收藏。

如今我摇着车在这园子里慢慢走，常常有一种感觉，觉得我一个人跑出来已经玩得太久了。有一天我整理我的旧相册，看见一张十几年前我在这园子里照的照片——那个年轻人坐在轮椅上，背后是一棵老柏树，再远处就是那座古祭坛。我便到园子里去找那棵树。我按着照片上的背景找很快就找到了它，按着照片上它枝干的形状找，肯定那就是它。但是它已经死了，而且在它身上缠绕着一条碗口粗的藤萝。我当然记得园工们种那棵藤萝时的情景，我却不记得是在什么时候它已经长到了碗口粗。有一天我在这园子里碰见一个老太太，她说："哟，你还在这儿哪？"她问我："你母亲还好吗？""你是谁？""你不记得我，我可记得你。有一回你母亲来这儿找你，她问我您看没看见一个摇轮椅的孩子？……"我忽然觉得，我一个人跑到这世界上来玩真是玩得太久了。有一天夜晚，我独自坐在祭坛边的路灯下看书，忽然从那漆黑的祭坛里传出一阵阵唢呐声；四周都是参天古树，方形祭坛占地几百平方米空旷坦荡独对苍天，我看不见那个吹唢呐的人，唯唢呐声在星光寥寥的夜空里低吟高唱，时而悲怆时而欢快，时而缠绵时而苍凉，或许这几个词都不足以形容它，我清清醒醒地听出它响在过去，响在现在，响在未来，回旋飘转亘古不散。

必有一天，我会听见喊我回去。

那时你可以想象一个孩子，他玩累了可他还没玩够呢，心里好些新奇的念头甚至等不及到明天。也可以想象是一个老人，无可置疑地走向他的安息地，走得任劳任怨。还可以想象一对热恋中的情人，互相一次次说"我一刻也不想离开你"，又互相一次次说"时间已经不早了"，时间不早了可我一刻也不想离开你，一刻也不想离开你可时间毕竟是不早了。

我说不好我想不想回去。我说不好是想还是不想，还是无所谓。我说不好我是像那个孩子，还是像那个老人，还是像一个热恋中的情人。很可能是这样：我同时是他们三个。我来的时候是个孩子，他有那么多孩子气的念头所以才哭着喊着闹着要来，他一来一见到这个世界便立刻成了不要命的情人，而对一个情人来说，不管多么漫长的时光也是稍纵即逝，那时他便明白，每一步每一步，其实一步步都是走在回去的路上。当牵牛花初开的时节，葬礼的号角就已吹响。

但是太阳，他每时每刻都是夕阳也都是旭日。当他熄灭着走下山去收尽苍凉残照之际，正是他在另一面燃烧着爬上山巅布散烈烈朝晖之时。那一天，我也将沉静着走下山去，扶着我的拐杖。那一天，在某一处山洼里，势必会跑上来一个欢蹦的孩子，抱着他的玩具。

当然，那不是我。

但是，那不是我吗？

宇宙以其不息的欲望将一个歌舞炼为永恒。这欲望有怎样一个人间的姓名，大可忽略不计。

写于一九八九年五月

修改于一九九〇年一月七日

作者信息

史铁生（1951—2010），小说家、散文家。1951 生于北京，1967 年毕业于清华大学附中，1969 年赴陕西延安地区插队，三年后因双腿瘫痪转回北京，其后在街道工厂工作。1981 年因病情加重，留职停薪回家养病。后由业余创作转为专业创作。自投身创作以来，几乎在新时期文学的每个阶段都留下了鲜明足迹。1980 年的《午餐半小时》，以对“写光明”的旧有程式的有力冲击，引起了评论界的较大争议；1983 年的《我的遥远的清平湾》则以对插队生活的深情反刍，扩展了知青文学的艺术视域。从 1985 年的《命若琴弦》开始，经由《礼拜日》《一个谜语的几种简单猜法》等作品，突破已有的纪实体叙事模式，在精神建构与形式营造的统一之中，寻求小说表达人的精神存在的艺术潜能。著有中短篇小说集《我的遥远的清平湾》《礼拜日》《舞台效果》，散文集《爱情问题》《自言自语》和长篇小说《务虚笔记》等。

品 鉴

20 世纪 90 年代散文随笔的写作“繁荣昌盛”，但迄今为止能够给人心灵震颤和生命感染的只有少数篇章，史铁生的《我与地坛》就是其中之一。这篇作品几乎包含了史铁生创作中的全部精神因子，浸透了他一己生命的至深思索和至深情感。韩少功把它称为“灵魂的声音”，说史铁生“是以个体的生命为路标，孤军深入，默默探测全人类永恒的纯净和辉煌”，“显示出他出于通透的一种拒绝和一种对人世至宥至慈的宽厚，他是一尊微笑着的菩萨。他发现了磨难正是幸运，虚幻便是实在，他从墙基、石阶、秋树、夕阳中发现了人的生命可以无限，万物其实与我一体”。（《心灵的声音》）按照“作家中的作家”这一说法类推，有的作品也可以称作“作品中的作品”——在我看来，《我与地坛》就是史铁生所有作品中的作品。

张新颖

三

新诗拾零

XINSHI SHILING

从1917年《新青年》发表第一批新诗到今天，新诗已经走过了百余年的历程。在五四时期文学革命倡导者胡适、刘半农、沈尹默等的最初尝试和探索中，新诗，这个彻底反叛了古典诗歌的新生儿，逐渐打开了一条新的创作之路。

20世纪20年代初，以郭沫若为首的创造社诗人强调“情感”和“想象”在诗歌中的重要性，有力推动了现代诗的发展，也开创了新诗的浪漫主义风潮。到了20年代中期，以徐志摩、闻一多为代表的新月派诗人的诗歌同样具有浪漫主义的色彩，而他们对新诗的形式和美感提出的鲜明主张，也对新诗的发展和成熟产生了重要影响。同一时期，受西方象征主义诗潮影响，中国象征派诗歌也随之兴起，出现了戴望舒、何其芳、卞之琳等现代派诗人。40年代，冯至、穆旦等现代主义诗人在纷乱的战争年代坚持着文学理想，留下了《十四行集》《诗八章》这样的经典名篇。从象征派开始的中国现代主义诗潮，明显地受了西方现代主义诗歌的影响，但同时，在这些诗歌中，也融合了许多中国传统诗歌的元素，很多诗作都达到了很高的艺术水平，这是新诗发展中的一个高峰。另一个不可忽略的诗人是艾青，他的诗歌充满了对民族、土地、太阳热烈而深沉的爱，《大堰河——

我的保姆》《我爱这土地》《向太阳》等许多诗歌打动着一代代的读者。

“文化大革命”过后，诗坛上首先活跃起来的是被称为“归来的诗人”的群体，如艾青、牛汉、曾卓、穆旦、辛笛等；接着，“朦胧诗”以不可阻挡的气势震动了诗坛，出现了舒婷、顾城、北岛、江河等一批年轻诗人，朦胧诗晦涩的风格曾引起很大的争议，但它真实地代表了新一代的诗歌追求。这之后，诗歌创作就进入了“众声喧哗”的时代，各种派别和主张纷繁复杂，诗歌的内容和表现方式也更加趋向个人化，其中海子诗歌的艺术价值得到了普遍的认同，其他诗人如欧阳江河、于坚、西川等，也有着许多风格鲜明的优秀作品。

不可否认，读现代诗比读小说和散文要困难得多，但我们应该尝试着去认识它、体味它。现代诗中不乏温暖、亲切、深邃之作，更重要的是，诗歌是一种语言最凝练也最丰富的形式，最能体现一个民族语言的美感和韵味。

送别

李叔同

题解

《送别》创作于1915年，是李叔同根据美国作曲家奥德威的《梦见家和母亲》的曲调填词的学堂乐歌，因其词曲优美深受学生们的喜爱。后来，《送别》作为插曲和主题曲先后在电影《早春二月》和《城南旧事》中大放异彩，被传唱至今。

长亭①外，
古道②边，
芳草碧连天。
晚风拂柳笛声残，
夕阳山外山。

天之涯，
地之角，

①长亭：古时设在交通大道上给人休息、送别的地方，一般是“十里一长亭，五里一短亭”。
②古道：又叫“驿道”，古代官方设置的交通要道。

知交[1]半零落[2]。

一瓢浊酒尽余欢，

今宵别梦寒。

作者信息

李叔同（1880—1942），原名李文涛，字息霜，以号行，浙江平湖人，生于天津。戏剧家、艺术教育家、文学家、书画家。出身于清进士、盐商家庭。擅长书画篆刻，工诗词。1905 至 1910 年间在日本东京学西洋绘画和音乐。归国后，在浙江两级师范、南京高等师范等校任绘画、音乐教员。作有歌曲《春游》《早秋》等，并采用外国歌曲配制新词作为学堂乐歌教材，如《送别》《西湖》等，对中国早期的艺术教育具有启蒙意义。1918 年在杭州虎跑寺出家，法名演音，号弘一。后专研戒律。有《弘一法师文钞》《前尘影事集》等。

品鉴

《送别》这首诗，几乎每一句都能找到化用前人诗词的痕迹，却又形成了自己的风格。长亭是古代送别的场所，李白有诗云："天下伤心处，劳劳送客亭。春风知别苦，不遣柳条青。""何处是归程，长亭更短亭。"马致远《秋思》中有"古道西风瘦马"，牛希济有名句"记得绿罗裙，处处怜芳草"。长亭、古道、芳草，在中国古诗词

①知交：知己，知心的朋友。

②半零落：多半已散失。

中都常是表示离愁别绪的意象。下文的晚风、柳、笛、浊酒等亦然。

“长亭外，古道边，芳草碧连天”，古朴之气扑面而来，给人凄迷之感。“晚风拂柳笛声残”，更加重羁旅行色的离愁别绪。“柳”同“留”谐音，折柳赠别是古代的风俗，蕴含惜别之情，更何况层峦叠嶂处如血的夕阳，消失在远方残留下一丝悠远的笛声？它不同于马致远“夕阳西下，断肠人在天涯”的苍凉萧瑟，又不同于王维“渭城朝雨浥轻尘，客舍青青柳色新”的凄清，也不同于郑谷“扬子江头杨柳春，杨花愁杀渡江人”的缠绵悱恻，更不同于骆宾王“此地别燕丹，壮士发冲冠。昔时人已没，今日水犹寒”的悲壮。李叔同的《送别》是亲朋之间绵绵不绝的离愁别绪，用词典雅，清新易懂，意境悠远。

忆 菊

闻一多

◉ 题 解

这首诗作于 1922 年 10 月闻一多留学美国期间。时值旧历重阳的前一天，身处异邦的诗人“每逢佳节倍思亲”，由祖国的亲人联想到祖国的花和如花的祖国，于是作此诗寄托对祖国的绵绵情思。

插在长颈的虾青瓷的瓶里，
六方的水晶瓶里的菊花，
攒在紫藤仙姑篮里的菊花；
守着酒壶的菊花，
陪着螯盏的菊花；
未放，将放，半放，盛放的菊花。

镶着金边的绛色的鸡爪菊；
粉红色的碎瓣的绣球菊！
懒慵慵的江西腊哟；
倒挂着一饼蜂窠似的黄心，
仿佛是朵紫的向日葵呢。

长瓣抱心，密瓣平顶的菊花；
柔艳的尖瓣攒蕊的白菊
如同美人底蜷着的手爪，
拳心里攫着一撮儿金粟。

檐前，阶下，篱畔，圃心底菊花：
霭霭的淡烟笼着的菊花，
丝丝的疏雨洗着的菊花，——
金底黄，玉底白，春酿底绿，秋山底紫，……

剪秋萝似的小红菊花儿；
从鹅绒到古铜色的黄菊；
带紫茎的微绿色的“真菊”
是些小小的玉管儿缀成的，
为的是好让小花神儿
夜里偷去当了笙儿吹着。

大似牡丹的菊王到底奢豪些，
他的枣红色的瓣儿，铠甲似的，
张张都装上银白的里子了；
星星似的小菊花蕾儿
还拥着褐色的萼被睡着觉呢。

啊！自然美底总收成啊！
我们祖国之秋底杰作啊！

啊！东方底花，骚人逸士底花呀！
那东方底诗魂陶元亮[①]
不是你的灵魂底化身吧？
那祖国底登高饮酒的重九
不又是你诞生底吉辰吗？

你不像这里的热欲的蔷薇，
那微贱的紫萝兰更比不上你。
你是有历史，有风俗的花。
啊！四千年的华胄底名花呀！
你有高超的历史，你有逸雅的风俗！

啊！诗人底花呀！我想起你，
我的心也开成顷刻之花，
灿烂的如同你的一样；
我想起你同我的家乡，
我们的庄严灿烂的祖国，
我的希望之花又开得同你一样。

习习的秋风啊！吹着，吹着！
我要赞美我祖国底花！
我要赞美我如花的祖国！

---

① 陶元亮：即陶潜（约365—427），又名陶渊明，字元亮，晋浔阳柴桑（今江西九江）人。东晋大诗人，平生爱菊，有“采菊东篱下，悠然见南山”的名句。

请将我的字吹成一簇鲜花，
金底黄，玉底白，春酿底绿，秋山底紫，……
然后又统统吹散，吹得落英缤纷，
弥漫了高天，铺遍了大地！

秋风啊！习习的秋风啊！
我要赞美我祖国底花！
我要赞美我如花的祖国！

作者信息

闻一多，原名闻家骅。1889 年出生于湖北浠水。1922 年赴美留学，先后入芝加哥美术学院、科罗拉多大学美术系学习。此间写了不少爱国思乡的诗作。1925 年回国，任北京艺术专科学校教务长。曾与徐志摩等主编《晨报·诗镌》，致力于新诗格律化的倡导和研究，并在实践中形成凝练、深沉、讲究形式的诗风，被称作“戴着镣铐跳舞”。著有诗集《红烛》《死水》。1928 年加入新月社，与徐志摩等创办《新月》杂志，并先后在武汉大学，青岛大学，清华大学，西南联大等任教授，致力研究古典文学，成就斐然。1944 年加入中国民主同盟，开始参加民主政治活动。1946 年 7 月 15 日遭国民党特务暗杀，成就了诗人、学者、民主斗士三位一体的光辉人格。身后有朱自清主持整理的《闻一多全集》，1948 年开明书店出版，共 8 卷 4 册。现有湖北人民出版社版《闻一多全集》(12 卷)。

品鉴

诗以雕金镂玉的工笔，借勾描祖国的名花，寄托浸透骨髓的故国之思。

诗中极力描绘出祖国各种菊花千姿万态之美，让我们似乎看到了一片菊花的海洋。诗人还赋予了菊花鲜明的民族文化内涵——“东方底花”“四千年的华胄底名花”“我祖国底花”，将菊花与祖国互为映射，花如祖国，祖国如花，体现了中华民族高洁的精神。

教我如何不想她

刘半农

题解

这首诗作于1920年诗人留学欧洲期间。那时诗人远离祖国，心中时时生出怀恋，于是挥笔写下这首情真意切的诗。

天上飘着些微云，
地上吹着些微风。
啊！
微风吹动了我头发，
教我如何不想她？

月光恋爱着海洋，
海洋恋爱着月光。
啊！
这般蜜也似的银夜，
教我如何不想她？

水面落花慢慢流，
水底鱼儿慢慢游。
啊！

燕子你说些什么话？
教我如何不想她？

枯树在冷风里摇，
野火在暮色中烧。
啊！
西天还有些儿残霞，
教我如何不想她？

一九二〇年九月四日，伦敦

作者信息

刘半农（1891—1934），名复，以字行，江苏江阴人。诗人、语言学家。1917 年起在北京大学任教。曾参加新文化运动，提倡白话文。他大力提倡写作民歌、儿歌，还主张“于有韵之诗外，别增无韵之诗”。反对旧诗，提倡强化新诗的音乐美。著有《半农杂文》及诗集《扬鞭集》。

品鉴

风云、月光、落花、游鱼、枯树、残霞……诗中每一段的开头都渲染了不同的景色，以引起感情的抒发；每一段都营造了优美的意境，带给人无穷的想象。

全诗音律和谐，形式整饬中富有变化，比兴、复沓的民谣化手法与晓畅的白话语言相结合，既情真意切，又朗朗上口。

我不知道风是在哪一个方向吹

徐志摩

◉ 题 解

此诗写于1928年，是诗人在经历种种挫折、痛苦与思索后所作，主要表达了诗人所追求的“回到生命本体中去”的诗歌理想。

我不知道风
是在哪一个方向吹——
我是在梦中，
在梦的轻波里依洄。

我不知道风
是在哪一个方向吹——
我是在梦中，
她的温存，我的迷醉。

我不知道风
是在哪一个方向吹——
我是在梦中，
甜美是梦里的光辉。

我不知道风
是在哪一个方向吹——
我是在梦中，
她的负心，我的伤悲。

我不知道风
是在哪一个方向吹——
我是在梦中，
在梦的悲哀里心碎！

我不知道风
是在哪一个方向吹——
我是在梦中，
黯淡是梦里的光辉。

作者信息

徐志摩（1897—1931），原名章垿，初字槱森，后改字志摩，浙江海宁人。新月派诗人、散文家。曾留学欧美，先后在美国哥伦比亚大学、英国剑桥大学攻读政治、经济，获硕士学位。1921 年开始创作新诗。1922 年回国后在报刊上发表大量诗文。1923 年参与发起成立了新月社，是新月派诗歌的代表人物。1931 年因飞机失事去世。其诗字句清新，韵律和谐，比喻新奇，想象丰富，意境优美，神思飘逸，富于变化，并追求艺术形式的华美，具有鲜明的艺术个性。著有诗集《志摩的诗》《翡冷翠的一夜》《猛虎集》《云游》等。

品　鉴

这是一首精美的抒情诗。在风格上沿袭了《诗经》常常采用的叠章形式，一唱三叹的旋律组合渲染了一种迷离感伤的梦的氛围，使人不由自主地醉在词与词碰撞产生的美感中。诗人曾在《诗人与诗》的讲演中说，“诗的灵魂是音乐的，所以诗最重音节”。这首诗就是把空灵的情绪纳入到整饬而又灵活多变的格律中，使诗歌产生了音乐美。

毒药·白旗·婴儿

徐志摩

◎ 题解

这三首散文诗集中创作于1924年4月前后。它们一反诗人委婉含蓄、缠绵优雅的诗风，以激烈到近乎狂暴的方式，传达了在时代阴霾的困闭之中，诗人对于混乱的社会现实、堕落的人性现状的决绝宣判和对未来世界的真诚祈望。

毒药

今天不是我歌唱的日子，我口边涎着狞恶的微笑，不是我说笑的日子，我胸怀间插着发冷光的利刃；

相信我，我的思想是恶毒的因为这世界是恶毒的，我的灵魂是黑暗的因为太阳已经灭绝了光彩，我的声调是像坟堆里的夜鸮因为人间已经杀尽了一切的和谐，我的口音像是冤鬼责问他的仇人因为一切的恩已经让路给一切的怨；

但是相信我，真理是在我的话里虽则我的话像是毒药，真理是永远不含糊的虽则我的话里仿佛有两头蛇的舌，蝎子的尾尖，蜈蚣的触须；只因为我的心里充满着比毒药更强烈，比咒诅更狠毒，比火焰更猖狂，比死更深奥的不忍心与怜悯心与爱心，所以我说的话是毒性的，咒诅的，燎灼的，虚无的；

相信我，我们一切的准绳已经埋没在珊瑚土打紧的墓宫里，最劲冽的祭肴的香味也穿不透这严封的地层：一切的准则是死了的；

我们一切的信心像是顶烂在树枝上的风筝，我们手里擎着这迸断了的鹞线：一切的信心是烂了的；

相信我，猜疑的巨大的黑影，像一块乌云似的，已经笼盖着人间一切的关系：人子不再悲哭他新死的亲娘，兄弟不再来携着他姊妹的手，朋友变成了寇仇，看家的狗回头来咬他主人的腿：是的，猜疑淹没了一切；在路旁坐着啼哭的，在街心里站着的，在你窗前探望的，都是被奸污的处女：池潭里只见些烂破的鲜艳的荷花；

在人道恶浊的涧水里流着，浮荇似的，五具残缺的尸体，它们是仁义礼智信，向着时间无尽的海澜里流去；

这海是一个不安静的海，波涛猖獗地翻着，在每个浪头的小白帽上分明地写着人欲与兽性；

到处是奸淫的现象：贪心搂抱着正义，猜忌逼迫着同情，懦怯狎亵着勇敢，肉欲侮弄着恋爱，暴力侵凌着人道，黑暗践踏着光明；

听呀，这一片淫猥的声响，听呀，这一片残暴的声响；

虎狼在热闹的市街里，强盗在你们妻子的床上，罪恶在你们深奥的灵魂里……

白　旗

来，跟着我来，拿一面白旗在你们的手里——不是上面写着激动怨毒，鼓励残杀字样的白旗，也不是涂着不洁净血液的标记的白旗，也不是画着忏悔与咒语的白旗（把忏悔画在你们的心里）；

你们排列着，噤声的，严肃的，像送丧的行列，不容许脸上留存一丝的颜色，一毫的笑容，严肃的，噤声的，像一队决死的兵士；

现在时辰到了，一齐举起你们手里的白旗，像举起你们的心一样，仰看着你们头顶的青天，不转瞬的，恐惶的，像看着你们自己的灵魂一样；

现在时辰到了，你们让你们熬着，壅着，迸裂着，滚沸着的眼泪流，直流，狂流，自由地流，痛快地流，尽性地流，像山水出峡似的流，像暴雨倾盆似的流……

现在时辰到了，你们让你们咽着，压迫着，挣扎着，汹涌着的声音嚎，直嚎，狂嚎，放肆地嚎，凶狠地嚎，像飓风在大海波涛间的嚎，像你们丧失了最亲爱的骨肉时的嚎……

现在时辰到了，你们让你们回复了的天性忏悔，让眼泪的滚油煎净了的，让嚎恸的雷霆震醒了的天性忏悔，默默地忏悔，悠久地忏悔，沉彻地忏悔，像冷峭的星光照落在一个寂寞的山谷里，像一个黑衣的尼僧匐伏在一座金漆的神龛前；

……

在眼泪的沸腾里，在嚎恸的酣彻里，在忏悔的沉寂里，你们望见了上帝永久的威严。

婴　儿

我们要盼望一个伟大的事实出现，我们要守候一个馨香的婴儿出世——

你看他那母亲在她生产的床上受罪！

她那少妇的安详，柔和，端丽，现在在剧烈的阵痛里变形成不可信的丑恶：你看她那遍体的筋络都在她薄嫩的皮肤底里暴涨着，可怕的青色与紫色，像受惊的水青蛇在田沟里急泗似的，汗珠站在她的面额上像一颗颗的黄豆，她的四肢与身体猛烈地抽搐着，畸屈着，奋挺着，纠旋着，仿佛她垫着的席子是用针尖编成的，仿佛她的帐围是用火焰织成的；

一个安详的，镇定的，端庄的，美丽的少妇，现在在绞痛的惨酷里变形成魔鬼似的可怖：她的眼，一时紧紧地阖着，一时巨大地睁着，她那眼，原来像冬夜池潭里反映着的明星，现在吐露着青黄色的凶焰，眼珠像是烧红的炭火，映射出她灵魂最后的奋斗，她的原来朱红色的口唇，现在像是炉底的冷灰，她的口颤着，噘着，扭着，死神的热烈的亲吻不容许她一息的平安，她的发是散披着，横在口边，漫在胸前，像揪乱的麻丝，她的手指间紧抓着几穗拧下来的乱发；

这母亲在她生产的床上受罪——

但她还不曾绝望，她的生命挣扎着血与肉与骨与肢体的纤微，在危崖的边沿上，抵抗着，搏斗着，死神的逼迫；

她还不曾放手，因为她知道（她的灵魂知道！）这苦痛不是无因的，因为她知道她的胎宫里孕育着一点比她自己更伟大的生命的种子，包含着一个比一切更永久的婴儿；

因为她知道这苦痛是婴儿要求出世的征候，是种子在泥土里爆烈成美丽的生命的消息，是她完成她自己生命的使命的时机；

因为她知道这忍耐是有结果的，在她剧痛的昏瞀中，她仿佛听着上帝准许人间祈祷的声音，她仿佛听着天使们赞美未来的光明的声音；

因此她忍耐着，抵抗着，奋斗着……她抵拼绷断她统体的纤微，她要赎出在她那胎宫里动荡的生命，在她一个完全，美丽的婴儿出世的盼望中，最锐利，最沉酣的痛感逼成了最锐利最沉酣的快感……

品 鉴

被诗人朱湘誉为当时散文诗里“最好的一首”的《毒药》，以狂暴的节奏、近乎毒性的语言，来鞭挞充满猜疑、一切准则均已死去的现实，这是对黑暗现实的决绝否定；《白旗》则是在另一个极端上，将诅咒转化成类乎白日梦似的祈祷和呓语。诗人真诚地幻想着，呈现着人类“祈祷的火焰”“忏悔的眼泪”和承当罪恶的情景，与丑陋无情的现实相比，这种真诚的呼唤不免有些无奈，却正因其无奈的真诚而格外动人之情；《婴儿》则是一首以象征手法，站在绝望的边缘唱出的希望之歌。诗中婴儿与产妇的关系，正是理想与时代关系的一种象征。诗人在表现理想的馨香儿的诞生时，不再如前两首诗那样采用直抒胸臆的方式，而是注意情感的节制与驾驭，并将它转化为艺术情境和氛围，使之产生更大的象征力量和暗示性。那种甚至引起读者生理震颤的细致描写，表面上写的是美的变形扭曲，是以丑写美，其实是写美的转化和升华，安详、柔和、端丽的优美，在炼狱般的受难中升华为一种义无反顾的献身的壮美，具有宗教般的神圣和庄严感。

从诅咒现实到祈祷人性忏悔，再到对理想的热情呼唤，这三首散文诗完整地体现了徐志摩对当时时代状况的概括和对之后历史行程的象征性预言。

再别康桥[1]

徐志摩

◉ 题解

1920年10月至1922年8月，诗人曾游学于康桥。康桥时期是徐志摩一生的转折点。1928年，诗人故地重游。11月6日，在归途的中国南海上，他吟成了这首传世之作。

轻轻的我走了，
　正如我轻轻的来；
我轻轻的招手，
　作别西天的云彩。

那河畔的金柳，
　是夕阳中的新娘；
波光里的艳影，
　在我的心头荡漾。

软泥上的青荇，
　油油的在水底招摇；

① 康桥：即剑桥，英国东南部城市，伦敦之北约八十公里，著名的剑桥大学所在地。

在康河的柔波里，

　我甘心做一条水草！

那榆荫下的一潭，

　不是清泉，是天上虹；

揉碎在浮藻间，

　沉淀着彩虹似的梦。

寻梦？撑一支长篙，

　向青草更青处漫溯；

满载一船星辉，

　在星辉斑斓里放歌。

但我不能放歌，

　悄悄是别离的笙箫；

夏虫也为我沉默，

　沉默是今晚的康桥！

悄悄的我走了，

　正如我悄悄的来；

我挥一挥衣袖，

　不带走一片云彩。

十一月六日　中国海上

品 鉴

这是一首出神入化的抒情诗，它飘逸、洒脱、美妙、动听，似天国之音乐，充满了优美的韵律。全诗充盈着诗人告别剑桥时缠绵低回的情感，“轻轻的来”“轻轻的走”“轻轻的招手”，宛若与梦中情人作别，万般柔情，温馨静谧。诗歌巧妙地选取了夜幕降临时的康桥这一震撼人心的戏剧性场景。康桥在诗人的笔下愈是美不胜收，离别而生的伤情便愈是深切，这是一种美与美的消逝之间的无法超越的冲突；而且，因夜幕降临而生的朦胧暗淡色调，格外强化了惜别的悲凉感，把一种甜蜜的哀愁推向了极致；更有甚者，诗人没有把离别的愁绪放到离别前的不安或离别后的追思之中来表达，而是有意选择了离别的一刹那来表现，可见诗人构思的精巧夺人……

这情感的冲动与自我控制的紧张冲突，都被诗人巧妙地凝聚在潇洒而看似平静的姿势中，“我挥一挥衣袖，不带走一片云彩”，潇洒中交织着淡淡的忧郁和怅惘。

全诗语言似禅界般空灵，含蓄凝练，情景相融，音节抑扬顿挫，声调回环往复，诗行长短错落有致，把性灵、意象、音乐和建筑之美和谐地结合在一起，是徐志摩潇洒、飘逸诗风的典型体现。

雨巷

戴望舒

◉ 题解

这首诗写于 1927 年夏天。当时全国处于白色恐怖之中，戴望舒因曾参加进步活动而不得不避居于松江的友人家中，在孤寂中咀嚼着大革命失败后的幻灭与痛苦，心中充满了迷惘的情绪和朦胧的希望。《雨巷》一诗就是他这种心情的体现。

撑着油纸伞，独自
彷徨在悠长，悠长
又寂寥的雨巷，
我希望逢着
一个丁香一样的
结着愁怨的姑娘。

她是有
丁香一样的颜色，
丁香一样的芬芳，
丁香一样的忧愁，
在雨中哀怨，
哀怨又彷徨；

她彷徨在这寂寥的雨巷，
撑着油纸伞
像我一样，
像我一样地
默默彳亍着，
冷漠，凄清，又惆怅。

她静默地走近
走近，又投出
太息一般的眼光，
她飘过
像梦一般的，
像梦一般的凄婉迷茫。

像梦中飘过
一枝丁香的，
我身旁飘过这女郎；
她静默地远了，远了。
到了颓圮的篱墙，
走尽这雨巷。

在雨的哀曲里，
消了她的颜色，
散了她的芬芳，
消散了，甚至她的

太息般的眼光，
丁香般的惆怅

撑着油纸伞，独自
彷徨在悠长，悠长
又寂寥的雨巷，
我希望飘过
一个丁香一样的
结着愁怨的姑娘。

作者信息

戴望舒（1905—1950），浙江杭县（今杭州）人。1923 年考入上海大学文学系。1925 年转入上海震旦大学学习法语，期间开始写诗。曾赴法国留学，受法国象征派诗人影响，前期的诗轻盈流丽，重象征、意象，情调惆怅，诗意迷茫，代表作有《雨巷》《我的记忆》《乐园鸟》等。是 20 世纪 30 年代现代派代表性诗人。抗日战争爆发后南下香港参加进步文化运动，宣传抗日。日军占领香港后被捕入狱，备受折磨。此期诗风变为厚重、刚健，代表作《我用残损的手掌》等，洗练沉郁，爱国之情深挚感人。1949 年离开香港到北京，次年病逝。著有诗集《望舒草》《望舒诗稿》《灾难的岁月》等。

品鉴

这首诗巧用象征手法，营造了一种既实又虚、朦胧恍惚的氛围。诗人将当时黑暗沉闷的社会现实暗喻为悠长狭窄而寂寥的雨巷，这里没有声音，没有欢乐，没有阳光，唯有孤独的诗人在其中彳亍彷徨。诗人盼望着有一种美好的理想出现在自己面前，“丁香一样的”姑娘便是这种美好理想的象征。然而美好的理想很难实现，且转瞬即逝，只剩诗人自己依然在黑暗的现实中彷徨，在失望中又期待着希望。

我用残损的手掌

戴望舒

◉ 题解

此诗作于1942年7月3日。时值抗日战争，诗人在香港参加抗日救亡运动，被捕入狱，受尽严刑拷打，始终保持民族气节，没有屈服。诗人由自己遍体鳞伤的身体联想到同样深陷泥淖的祖国，怀着对侵略者的愤恨和对祖国人民的同情爱怜，写下了这如泣如诉的诗篇。

我用残损的手掌
摸索这广大的土地：
这一角已变成灰烬，
那一角只是血和泥；
这一片湖该是我的家乡，
（春天，堤上繁花如锦幛，
嫩柳枝折断有奇异的芬芳，）
我触到荇藻和水的微凉；
这长白山的雪峰冷到彻骨，
这黄河的水夹泥沙在指间滑出；
江南的水田，你当年新生的禾草

是那么细，那么软……现在只有蓬蒿；
岭南的荔枝花寂寞地憔悴，
尽那边，我蘸着南海没有渔船的苦水……
无形的手掌掠过无限的江山，
手指沾了血和灰，手掌沾了阴暗，
只有那辽远的一角依然完整，
温暖，明朗，坚固而蓬勃生春。
在那上面，我用残损的手掌轻抚，
像恋人的柔发，婴孩手中乳。
我把全部的力量运在手掌
贴在上面，寄予爱和一切希望，
因为只有那里是太阳，是春，
将驱逐阴暗，带来苏生，
因为只有那里我们不像牲口一样活，
蝼蚁一样死……那里，永恒的中国！

一九四二年七月三日

品 鉴

全诗分为两部分。第一部分写诗人用残损的手掌摸索祖国广大的土地，触到的只是“血和灰”，祖国正笼罩在敌寇铁蹄践踏下的苦难深重的阴暗之中，表现了诗人对祖国命运的深深关切。第二部分写诗人用残损的手掌触到了“温暖，明朗，坚固而蓬勃生春”的“辽远的一角”——解放区，对这块象征着“永恒的中国”的土地，尽情地歌颂和赞美。

这是一首主题鲜明的爱国诗，诗中既表达了对灾难中的祖国由衷的关切和真挚的眷恋，也表达了对中国共产党领导下的解放区的向往与歌颂。

有赠

曾卓

◉ 题解

《有赠》是赠给一位女性的诗。诗歌以饱含激情的语调，借对一位女性的深情倾诉，形象地抒写了对历尽苦难之后的人间温情的真切感受。

我是从感情的沙漠上来的旅客，
我饥渴，劳累，困顿。
我远远地就看到你窗前的光亮，
它在招引我——我的生命的灯。

我轻轻地叩门，如同心跳。
你为我开门。
你默默地凝望着我
（那闪耀着的是泪光么？）

你为我引路，掌着灯。
我怀着不安的心情走进你洁净的小屋，
我赤着脚，走得很慢，很轻，
但每一步还是留下了灰土和血印。

你让我在舒适的靠椅上坐下，
你微现慌张地为我倒茶，送水。
我眯着眼——因为不能习惯光亮，
也不能习惯你母亲般温存的眼睛。

我的行囊很小，
但我背负着的东西却很重，很重，
你看我的头发斑白了，我的背脊佝偻了，
虽然我还年轻。

一捧水就可以解救我的口渴，
一口酒就使我醉了，
一点温暖就使我全身灼热。
那么，我能有力量承担你如此的好意和温情么？

我全身战栗，当你的手轻轻地握着我的，
我忍不住啜泣，当你的眼泪滴在我的手背。
你愿这样握着我的手走向人生的长途么？
你敢这样握着我的手穿过蔑视的人群么？

在一瞬间闪过了我的一生，
这神圣的时刻是结束也是开始，
一切过去的已经过去，终于过去了，
你给了我力量、勇气和信心。

你的含泪微笑着的眼睛是一座炼狱，

你的晶莹的泪光焚冶着我的灵魂，
我将在彩云般的烈焰中飞腾，
口中喷出痛苦而又欢乐的歌声……

一九六一年十一月

作者信息

曾卓（1922—2002），原名曾庆冠，祖籍湖北黄陂，生于湖北武汉。诗人。1936 年加入武汉市民族解放先锋队，武汉沦陷前夕流亡到重庆继续求学，并开始发表作品。1940 年加入全国文协，组织诗垦地社，编辑出版《诗垦地丛刊》。1943 年入重庆中央大学历史系学习。1944 至 1945 年从事《诗文学》编辑工作。1947 年毕业后回武汉为《大刚报》主编副刊。1950 年任教湖北省教育学院和武汉大学中文系。1952 年任《长江日报》副社长，当选武汉市文联、文协副主席。著有诗集《门》《悬崖边的树》《老水手的歌》，散文集《美的寻求者》《让火燃着》《听笛人手记》，诗论集《诗人的两翼》等。

品鉴

他的诗即使是遍体鳞伤，也给人带来温暖和美感。不论写青春或爱情，还是写寂寞与期待，写遥远的怀念，写获得第二次生命的重逢……节奏与意象具有逼人的感染力，凄苦中带有一些甜蜜。它们极易引起读者的共鸣。他的诗句是湿润的，流动的；像泪那样湿润，像血那样流动……诗人在1961年写的《有赠》是一曲深沉的哀歌。由于我有类似的经历，感到格外真切与沉重。我们永世不能忘记，而且应当永远虔诚地感到那些圣洁而坚强的女性们，在那些漫长的岁月里，她们何止千万个？这首诗应当说不仅仅是献给一个女性。她们，不像诗人与世隔绝，相对地生活在寂静中，她们受到的灾难与苦楚是一座炼狱。

牛汉：《一个钟情的人》

金黄的稻束

郑　敏

◎ 题解

20 世纪 40 年代初，诗人就读于昆明西南联大。在一个金色的黄昏，诗人偶然见到一片开阔的稻田，被夕阳中金黄的稻束触动了情思，写下这首意蕴丰富的诗。

金黄的稻束站在
割过的秋天的田里，
我想起无数个疲倦的母亲
黄昏的路上我看见那皱了的美丽的脸
收获日的满月在
高耸的树巅上
暮色里，远山
围着我们的心边
没有一个雕像能比这更静默。
肩荷着那伟大的疲倦，你们
在这伸向远远的一片
秋天的田里低首沉思
静默。静默。历史也不过是

脚下一条流去的小河
而你们，站在那儿
将成了人类的一个思想。

作者信息

郑敏（1920—2022），福建闽侯人。诗人、学者。1939 年考入西南联大外文系，后转入哲学系。1943 年毕业后赴美国布朗大学留学。1951 年获英国文学硕士学位。1956 年回国，任职于中国科学院外国文学研究所。1960 年调入北京师范大学，任外文系教授。诗作以诗意的幻美和灵动见长，善于营造幽深的意境以表达某种意念，受里尔克和西方音乐、绘画影响。是 20 世纪 40 年代后半期“九叶诗派”的主要成员之一。著有诗集《诗集 1942—1947》《心象》《寻觅集》《早晨，我在雨里采花》及论文集《英美诗歌戏剧研究》等。

品鉴

诗人将目光投注在秋天的田野里，“金黄”寓意着丰收的情景，但在诗人眼前幻化出了“母亲”这个崇高的形象。稻束因为收获而伟大，母亲因为生命的孕育而伟大。这里既是对大自然的赞颂，更是对母亲无私奉献精神的赞颂。

沉思静默的稻束、美丽沧桑的母亲、收获日的满月、暮色里的远山……诗人选取系列意象，构筑出一个含蓄朦胧、深邃隽永的诗意世界，表达了对劳动中生命力的消逝的沉思和母性的歌颂。

面朝大海，春暖花开

海　子

◉ 题解

《面朝大海，春暖花开》是海子的抒情名篇，写于 1989 年 1 月 13 日，即海子离世前的两个月。在诗中诗人终于开始拟想尘世的幸福生活，表达了对美好事物的眷恋和对生命的关怀。

从明天起，做一个幸福的人
喂马，劈柴，周游世界
从明天起，关心粮食和蔬菜
我有一所房子，面朝大海，春暖花开

从明天起，和每一个亲人通信
告诉他们我的幸福
那幸福的闪电告诉我的
我将告诉每一个人

给每一条河每一座山取一个温暖的名字
陌生人，我也为你祝福
愿你有一个灿烂的前程
愿你有情人终成眷属

愿你在尘世获得幸福
我只愿面朝大海，春暖花开

作者信息

海子（1964—1989），原名查海生，生于安徽怀宁县。诗人。1979 年考入北京大学法律系，大学期间开始诗歌创作。1983 年毕业后在中国政法大学任教。1989 年 3 月 26 日在山海关附近卧轨自杀，留下二百万字的文学创作。诗集有《土地》《海子的诗》《海子诗全编》等。

品鉴

《面朝大海，春暖花开》体现了海子博爱的理想，以朴素明朗而又隽永清新的语言，写出诗人的真诚善良。诗人想要“做一个幸福的人”，愿意把幸福告诉每一个人，在他的想象中，尘世的一切都是那样新鲜可爱，充满生机与活力。全诗以淳朴、欢快的方式传达出对世人的真诚祝愿。

然而在充满温暖和希望的诗句背后，依然有着挥之不去的悲凉感。“从明天起”，恰恰意味着今天的暗淡；“我只愿面朝大海，春暖花开”中“只愿”犹言幸福是你们的，而“我”情愿独面大海，背对世俗。诗人把幸福的祝福给了别人，自己却难于在尘世找到幸福生活。联想到两个月后诗人的自杀，难免为这首诗增添一份悲凉的情调。

过 程

林 白

一月你还没有出现，
二月你睡在隔壁，
三月下起了大雨，
四月里遍地蔷薇，
五月我们对面坐着，
　犹如梦中。

就这样六月到了，
六月里青草盛开，
　处处芬芳。
七月，悲喜交加，
麦浪翻滚连同草地，
　直到天涯。

八月就是八月，
八月我守口如瓶
八月里我是瓶中的水，
　你是青天的云。

九月和十月，

是两只眼睛，
装满了大海，
你在海上，
我在海下。

十一月尚未到来，
透过它的窗口，
我望见了十二月，
　十二月大雪弥漫。

作者信息

林白（1958—　），原名林白薇，广西北流人。作家。早年写诗。1982年毕业于武汉大学图书馆系，曾从事图书、电影、新闻等行业工作。1986年起写小说，1994年完成长篇小说《一个人的战争》，因比较深入地描写女性主人公的私人生活而引起争议。还著有长篇小说《万物花开》《守望空心岁月》《说吧，房间》和中篇小说《致命的飞翔》《回廊之椅》《瓶中之水》等，风格唯美。

品鉴

这首诗中有一种抒情的声音，透明而且美好地展现出漫长的精神追求过程。诗中的“大雪弥漫”不应是绝望的意象，它应该是经过了无数次躁动后终于归一的恬静，是去除了世俗杂念后有天堂般的美丽和纯洁，它是真正的爱和情。